解困新聞學

後真相年代的答案

黃　永　譚嘉昇　林禮賢　孔慧思　林子傑
合著

商務印書館

解困新聞學 —— 後真相年代的答案

作　　者：黃　永　譚嘉昇　林禮賢　孔慧思　林子傑

責任編輯：張宇程

封面設計：涂　慧

出　　版：商務印書館 (香港) 有限公司

　　　　　香港筲箕灣耀興道 3 號東滙廣場 8 樓

　　　　　http://www.commercialpress.com.hk

發　　行：香港聯合書刊物流有限公司

　　　　　香港新界大埔汀麗路 36 號中華商務印刷大廈 3 字樓

印　　刷：美雅印刷製本有限公司

　　　　　九龍觀塘榮業街 6 號海濱工業大廈 4 樓 A

版　　次：2017 年 9 月第 1 版第 1 次印刷

　　　　　© 2017 商務印書館 (香港) 有限公司

　　　　　ISBN 978 962 07 6601 5

　　　　　Printed in Hong Kong

挑戰自我 永不滿足

多年來，我最喜歡以這句話來與工作伙伴們共勉。

今天，黃永邁步人民大道中，為民喉舌矢矢中的，公餘時間回饋社會不遺餘力，他的這本作品也是他的丹心之作。

今天，這八字真言就讓他淋漓盡致地體現了。

俞琤

紀文鳳序

社會在變，新聞也在變。自從九十年代開始，香港新聞傳媒行業經歷了巨大的變化。這些變化，有好有壞，但給大家留下深刻印象的，恐怕是傳媒在市場強勢主導下對社會帶來的惡劣影響。在市場的激烈競爭下，傳媒為了生存就必須爭取最佳盈利，盡量滿足讀者日新月異的閱讀口味。從此，新聞媒體都一窩蜂的朝向負面報導，在煽情、瑣碎的新聞議題上肆意批評、謾罵，搶佔道德高地，並進行所謂輿論審判，以求吸引讀者眼球。正當一眾「花生友」只會享受「剝花生」的過程，不難想像媒體只會爭相發掘議題，甚至製造議題，但又鮮有跟進，結果是社會上無數亟待關注的議題仍然未解。

要走出這個「只看見問題，卻找不到出路」的困境，「解困新聞學」（Solutions Journalism）能夠為大家提供一個思考框架。所謂「解困新聞學」，是指媒體不能滿足於對社會現象進行空泛的宏論或浮淺的報導，而應深入新聞事件的背後挖掘真相，以清晰及具批判性的方式，說明問題癥結、尋求解決之道，從而引導社會向前邁進。我經常認為，「解困新聞學」帶着幾分十九世紀德國哲學家黑格爾的「正反合」辯證法的影子。黑格爾的「正反合」辯證法是認識論，也是方法論，即它既告訴我們分析各種對立和矛盾問題，同時也告訴我們如何找出導致這些對立和矛盾的所有可能條件，再在這個基礎

之上發現解決的方案。因此，「解困新聞學」提倡的就是一種「調解」精神，讓新聞工作者以一個比較客觀、中肯的角度，向讀者闡述爭議的焦點，尋求社會各方都能接受的解決方案，「合」謀出路。

在香港，比較積極投入「解困新聞學」的傳媒人以黃永最為聞名，他引領讀者對觀點、事件進行深度挖掘，透過「正反合」提供批評性的評估。同時，他亦致力從新聞教育入手，推動傳媒改革。黃永透過匯集過去新聞工作的經歷，通過觀察、反省、提問，撰著《解困新聞學 —— 後真相年代的答案》一書，論述新聞媒體如何以「解困新聞」的角度，闖出坦途。此書的理論與實踐交融，材料詳盡，視角新穎，行文深入淺出，不僅是近年來最有價值的新聞學教科書，而且還是一套資料全面和客觀的通識教材。

新聞傳媒一向被譽為社會上的「第四權」，負責在建制之外監察政府、揭露社會問題及不公義之事。在當下社會力量日漸壯大的時代，若然傳媒都能擔當起為社會調和解困的角色，或許會為大眾與政府的溝通注入正能量，消除彼此的偏見和誤解，有助於促進社會和諧包容。

陳淑薇序

同事黃永兄是資深傳媒人,早年曾當公務員,做過政務主任,及後從事電台時事節目主持多年,雖不曾從事新聞編採工作,但對新聞時事有深刻認識,也能細膩分析時事。

黃兄近年對傳媒新聞行業作了很多研究,近日著作《解困新聞學 —— 後真相年代的答案》一書,搜集了很多有關新聞報導形式的演變資料,詳述其採訪和報導方式,解構時代變遷和受眾需求轉變,如何影響新聞編採的形式和報導內容。此書同時亦探討在科網年代、數據爆炸年代,資訊快速傳播,受眾接收大量訊息時,新聞能否在報導或提出問題的同時,找尋到解決問題的方法,為受眾解困。

我從事新聞工作 40 年,見證香港由一個發展中城市,蛻變為今天的國際大都會和國際金融中心,傳媒行業由傳統的紙媒、電子傳媒,隨着資訊科技的發展,進入互聯網及流動平台年代。新聞製作過程亦由傳統的模式,發展至現時的網絡年代。現今的傳媒人既要掌握資訊科技知識,懂得利用網絡傳輸訊息,同時又要懂得編採及報導技巧。當媒體同時以傳統方式及網絡營運時,傳媒人便要懂得採訪、寫稿、編輯、錄音、錄影、攝影、剪接、上載的實務和技巧。

當社會追求精、簡、快，市場競爭愈趨激烈時，一些傳媒便會以爭取高收視，收聽率或吸「多 likes」來衡量其新聞的價值，報導的標題或內容會越趨煽情，甚或含煽動性，以吸引受眾。傳媒的經營環境改變，令到新聞工作者的工作繁重，部分從業員難以擴闊視野，亦難以對事件的來龍去脈作深入研究和分析，結果是傳媒在市民大眾心目中的地位和受尊重程度每況愈下。

黃永兄此書，便是從解困新聞學，檢視傳媒在監察政府和揭露社會不公的同時，要為問題尋找答案，為每個新聞報導找尋完整結局，而不光是提出質疑、懷疑甚或是斷章取義，譁眾取寵，煽情地製造問題，添加社會煩惱，而是希望新聞報導內容，能就事件提出一個解決方案。

今日傳媒大聲疾呼新聞言論自由可貴時，我們有否努力去爭取和維護新聞言論自由呢？其實最能維護新聞言論自由的主角，便是傳媒本身，當傳媒及傳媒人能實事求是、中肯、客觀、全面報導事實真相，同時又能冷靜分析問題，引導受眾思考問題，最後為他們尋求答案，做到不煽動、不偏頗、有公信力時，已能為維護新聞言論自由打下基礎，因為事實不容爭辯，也不容否認。讀黃永兄的《解困新聞學——後真相年代的答案》一書時，當能令傳媒工作者有所思考，期待此書出版，能起啟迪同行作用。

作者序

「解困新聞學」令我眼前一亮那一刻，是當推動此新聞新思潮的大衛・柏恩斯丁（David Bornstein）告訴我：「傳統新聞學是故事的上半部，『解困新聞學』則負責下半部。」

我想起未認識「解困新聞學」之前，自己跟進過的三個新聞故事：

（一）2008年時代廣場公共空間事件

我和團隊發現銅鑼灣時代廣場的展覽地段，原來屬公共空間之後，全城嘩然——那是我入行以來，第一次發掘到頭條新聞。後來，我們更發起了「一樹一櫈」運動，希望全港所有公共空間，最少也有一棵樹和一張長櫈，以提升市民對公共空間的認識。然而，當時輿論焦點一直放在公共空間未有妥善開放，以及不同團體如何在那裏舉辦各種帶抗議性質的活動。

實情是，時代廣場在事件發生約一年之後至今，那裏即使再安排任何展覽或推廣活動，一般也有慈善團體的一定程度參與或受惠，藉以顯示活動仍具有某種「公共性」；此外，所有展覽也總有相當數量展品，被要求製作成椅子（如樂高積木展覽，便會有由積木砌成的椅子），以確保公共空間即使有舉辦展覽，也不完全失掉其休憩功能。我認為時代廣場的管

理層雖然來自商界，但總算有心解決問題，於是也有在電台節目提到此一石二鳥的答案。可惜，其他傳媒基本上已沒跟進；即使有，也只是繼續質疑其開放性，而未有探討商業和公眾利益究竟可怎樣達致平衡。

(二) 2009 年正生書院遷址梅窩事件

正生書院協助學生戒毒同時提供教育，但因應吸毒人數上升，書院空間不足，於是打算遷入梅窩一所空置校舍，公眾諮詢時卻遇上居民指罵「吸毒仔、吸毒女」，叫人心酸。當時我決定每日跟進，又多次親身到現場訪問學生，開創「外展系列式評論」節目模式，而社會對年輕人吸毒問題的關注也大大提升。

就在大家聚焦思考如何為年輕一代找到答案之際，有週刊突然指正生書院投資夜總會，引致後來有傳媒稱廉署也因而介入調查云云。八年多過去了，正生書院管理層說提交文件後，廉署根本一直未再有任何接觸，但印象中除筆者以外，從來沒有傳媒為正生澄清。至於空置的梅窩校舍，居民當年口口聲聲說要自己辦學，但那裏卻一直丟空，只有鼠蹤、不見人影，同一段時間，正生書院學生偶然也會接受訪問（如參加馬拉松），全都表現斯文有禮，令我至今仍無法理解，梅窩居民憑甚麼認為正生書院屬「厭惡性設施」？又為何存心摧毀一個協助下一代的組織，讓願意改過的青年少了一個答

案，既損人又不利己？

正生書院又如何呢？唯有努力籌一大筆款項，在現址的斜坡上勉強擴建，至 2017 年下半年還未正式動工。期間，部分學生仍要以睡袋蓆地而睡。每逢遇上暴雨及颱風更要擔驚受怕，默默承受社會只顧破而不立的結果。

(三) 2010 年菜園村因高鐵被迫遷事件

高鐵爭議把「80 後」這一代推上政治舞台，加速了政壇世代交替，對社會影響深遠。本人立場一直都是高鐵乃必須之基建項目，只是見到菜園村一班老農，在人生最後階段面對如斯巨變，內心感到極之無奈。結果在一輪「外展系列式評論」以後，社會上對村民的遭遇有很大迴響，政府也決定人性化處理，連鄉事勢力也幫忙協助，造就成功搬村。

可是傳媒不再聚焦此事之後，菜園村的搬遷過程一波多折。每年到了相關節日（主要是過年和中秋）有傳媒跟進時，修渠、鋪路、通電這些事情的進度，才會稍為快一點。於是整個搬村過程，前後竟然用上八年，期間也有好幾位老人家等不及便離世了，但又有多少傳媒人知道？

然後 2011 年，大衛・柏恩斯丁訪港，介紹「解困新聞學」。

於是，我猛然省悟，到底有多少扣人心弦的大新聞，是只有前半部而後半部卻不了了之的呢？沒錯，傳媒的社會使命是發掘問題，可是發掘之後卻頭也不回，又不再理會事件有沒有解決，更不去研究相關的答案是否合適，那又是負責任的一種態度嗎？

有傳媒人會說：但我們沒有時間跟進呀！

正因為這類藉口，正因為傳媒未夠盡責，正因為全球傳媒也有如此狀況，世才迎來了不理原因、不願分析、不講道理的「後真相年代」。實情是，當每個人均有智能手機，每個人也可以是傳媒，於是，每個人也可為傳媒出一分力，負上當負的責任，以理性抗衡「後真相年代」的思考陷阱。

故此《解困新聞學 —— 後真相年代的答案》是一本寫給所有人的書：只要你會與社交網絡接觸，這本書便應該會適合你。

在上述探索的過程中，有幸得到三位前輩幫忙，她們都為本書寫序。紀文鳳小姐的著作，是引領我進入文化創意產業之鑰匙，後來因以上故事，繼續關心青年戒毒問題，結果在「999 無毒一生」活動上認識，她的活力不斷啟發我；俞琤前輩帶我正式進入傳媒行業，大膽任用我這黃毛小子為商業一台最年輕的領導人兼晨早節目主持，讓我知道甚麼叫任重道

遠；政壇和傳媒中人稱「May 姐」的陳淑薇女士，剛於今年退任商業電台新聞總監，加入電台後，我對新聞專業操守的知識，算是由她間接傳授。

本書另外四位作者 —— 譚嘉昇、林禮賢、孔慧思、林子傑 —— 是我從事傳媒行業以來不同階段的戰友，所涉及的範疇和平台由報章至大氣電波到網絡。雖然他們經常與我爭辯和探討時事議題，但大家同感「尋找答案」始是傳媒的真正出路。本人在此特別感謝四位的努力、建議、膽量和耐性。

最後，感謝商務印書館為華文世界出版第一本探討「解困新聞學」的書。因為是第一本，自當在內容方面尚有不足的地方，望各界能夠不吝指正。

黃永

2017 年 7 月

目錄

第一部

解困新聞學
的本質

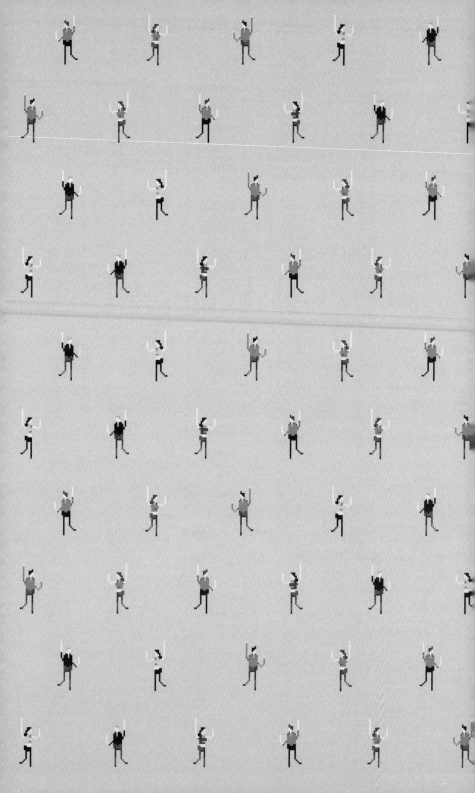

第一章

後真相年代
新聞已死？

傳媒的存在危機

號稱全球傳媒大國的美國，其記者們竟然慨歎新聞這個行業恐怕快將消失 —— CNN 首席國際新聞記者克莉絲汀・艾曼普（Christiane Amanpour）在接受一個長期推動新聞自由的獎項時，發表了一篇題為〈新聞界在特朗普時代正面臨存在危機〉（Journalism faces an Existential Crisis in Trump Era）的演說。當中三個影響全球傳媒行業的信息，值得所有關心新聞界的人參考：

（一）內容：新聞要真實而非中立 − Be Truthful, Not Neutral

《牛津字典》在 2016 年宣佈該年年度字為 post-truth（後真相），在今日的「後真相」世界，輿論不再建基於客觀事實，報導只求觸動情緒，連政策也是按喜好而非數據來制訂。

特朗普一次又一次說謊及錯引數據，傳媒縱然核實（fact check）一百次、澄清一千次，卻始終無法為社會設定任何議題（set agenda）—— 不論傳媒或受眾，其實只是一直被特朗普牽着鼻子走。

當社交媒體出現一萬個觀點的時候，要保持所謂的「中立」，傳媒難道就要提供一萬個相反論點？若這些觀點是毫無理據

的胡謅，又有沒有必要花時間處理？當民選總統指控各大傳媒差不多統統報導假新聞時，新聞界又可如何自辯？傳媒應當不斷回應獲得多人分享及讚好的謊言傻話，還是寧可說出真實但令人不安或「嚙嚙豬」的實情？Facebook 要不要審查上載內容是否屬實？廣告客戶又有沒有責任抵制撒謊的新聞平台？

（二）手法：傳媒要分歧而非成為武器

今天，傳媒已經被廣泛「武器化」（weaponized）了。曾幾何時，甚麼才算新聞及社會當關心哪些議題，基本上由大眾傳媒（mass media）主導，而這些傳媒也受某程度監管（如使用大氣電波需要申請牌照）。不過，社交網絡令每個人也可以成為意見領袖（Key Opinion Leaders，簡稱 KOLs），結果不少人從此把傳媒視為武器，效果就如同每個人也可擁有槍械一樣 —— 正所謂「識睇梗係睇留言」，因為那裏才有最血腥的撕殺，管他甚麼真理不真理，大家只求狠批對手至死無葬身之地。

「阿拉伯之春」運動被喻為社交網絡改變政治的一個分水嶺，但其推動者之一威爾・戈寧（Wael Ghonim）亦慨歎社交網絡對媒體所帶來的負面影響：

　　社交網絡既能迅速帶來社會轉變，但也同時阻礙社會轉

變。每個人變得更希望跟自己相同的人溝通，同時複雜
的社會問題亦因此而濃縮為簡單口號。人們只願意接
受意見相同的迴聲，既不想說服對方，也不願透過對話
來達成協議。結果仇恨言論和謊言，伴隨良好意願和事
實，同時出現。

艾曼普問：我們能不能保持分歧而不用殺死對方？任何從事
傳媒的人，不該追求口誅筆伐所帶來的快感，而應為了真相
與事實而奮鬥。不少新世代傳媒人忘卻了眼前尚有更重要的
工作未完成：調查制度內的失誤、要求當權者問責、監察政
府運作、捍衛基本權益，讓世人更了解地球上發生甚麼事，
例如：俄羅斯、敍利亞、北韓、南極……駭客問題、人道問
題、核問題、氣候變化問題……可惜，很多人只顧在社交網
絡內爭辯這些議題的是非對錯，卻沒有時間探討現實世界的
解決方案。

(三) 目標：傳媒要改善而非癱瘓制度

西方傳媒日漸感受到自身的存在危機，並不是單純因為社交
網絡衝擊，而是整個行業的專業性 (professionalism)、相關
性 (relevance) 和功用性 (functionality) 正全面受到威脅。

傳媒作為行政、司法、立法以外的「第四權」，自然有監察政
府的責任。但日趨分裂的社會，令政治互動已經變成黨派鬥

爭以求迫對方進死角的零和遊戲，意味着我為了贏，你便必須被毀滅 —— 政治上出現意見分歧，輕則被視為陰謀論，重則甚至被定性為犯罪 —— 結果，只會令制度癱瘓，甚至崩潰。

在這個惡性循環下，傳媒又應否透過監察來深化這種政治上的功能障礙，令制度進一步窒息？還是來一次「大重置」（big reset）以推動範式轉移，重新在政治世界尋求妥協空間，然後一同創新？說到底，傳媒之所以存在並不斷監察社會，其根本目的應是令制度持續變好，而非要使制度變差，甚至最終消失。

發掘問題與過錯的目的若果只為消滅對手，不可能會為人類帶來更好的未來。要令傳媒保持**專業性**，報導要超越黨派之爭；要令傳媒繼續具**相關性**，評論員除了要解釋事件怎樣跟大眾有關，還要說明一般人為何不能置身事外；要令傳媒繼續擁有**功用性**，分析所得的結論必然要包括解決方法 —— 此乃今日所有傳媒在道義上的任務和使命。

這是一本基於以上想法，思考如何發展出一套以解困為本之新聞學著作，並以應對下列四大挑戰為目標。

挑戰一：後真相年代 (Post-Truth Era) ── 受眾罔顧事實的挑戰

後真相年代有多可怕？Post-truth 可謂從根本上推翻傳媒存在的意義：傳媒透過提供資訊，讓人在知情下作出更好的決定，即英語所謂 informed choice。獨裁統治其中一個最駭人的地方，正是當權者全面操控資訊的流通，甚至故意虛報情況和發放假消息，有時讓作為受眾的人民誤以為歌舞昇平，有時則策略性地令每個人惶惶而不可終日，務求達到各種政治目的。

可是踏入後真相年代，許多人不是被蒙騙，而是集體有意識地不顧現實、不理數據。例如，我們有理由相信，《牛津字典》選出 post-truth 為 2016 年年度字，跟同年英國脫歐有關。Brexit 運動的口號：BeLeave，是典型「食字格」，跟 believe 同音，其背後信息正是：只要你信、信者得救 —— 其他人提出的任何英國脫歐後果，甚至所有數據和論據，既不需要理會，更遑論要理解 —— 皆因全部都是危言聳聽。

在今日的後真相世界，是非不分跟教育水平並不相關。只要在感性層面觸動到人的神經，就連專業人士與知識分子，也可以選擇不理實情。同樣是 2016 年，香港政府應法院要求，推行醫務委員會（醫委會）改革。這次改革的背景，是法院

發現負責審理投訴的醫生，未有就跟被投訴醫生的關係作出申報，而且多年來把投訴個案一拖再拖，可說是典型「醫醫相衞」的寫照。於是法官便明確要求：醫委會須改革以提升其透明度，並想辦法加快處理投訴。

醫委會內負責考量「投訴」是否可成為「個案」之專責單位，名為初級偵訊委員會。由於全部個案也由此「初級偵訊委員會」主席一人負責，只要這位主席處理速度不夠快，大概十年左右便會積壓數百個個案，造成樽頸效應。於是，政府打算新增一個「初級偵訊委員會」，讓兩個委員會攤分已積壓的數百個案件，加快處理投訴個案。而要新增一個委員會，最直接當然是增加人手，亦即增加醫委會委員人數。

豈料，擔當「醫生工會」角色的香港醫學會，其代表在議會表決前突然提出，改革醫委會有機會令大量內地醫生來港執業，影響年輕醫生前途──結果，許多醫生的社交網絡短時間內充斥這個信息，引發極大反彈，全面支持代表醫學界的議員以一人之力透過拉布（filibuster），推倒這個牽涉廣大市民福祉的改革議案。

然而，實情是非本地醫生要在香港全面執業，必須通過本地兩間大學的醫學院舉辦之執業試，考核水平既由學術自主的大學醫學院訂定，跟醫委會會員人數增加也根本不存在任

何關係！無奈，許多醫生就是選擇不理真相，寧可選擇恐懼 —— 能考進醫學院的都是天子門生中的精英分子，醫學更是一門講求查證考究的科學，但是一眾醫生面對這種相當溫和的改革（稍為增加委員人數），竟有意識地不分青紅皂白 —— 可想而知，其他觸及更多既得利益者的議案，只會叫人更易墮進後真相年代的心理陷阱。

挑戰二：免費新聞當道
—— 內容快即是好的挑戰

社交網絡與網上平台的「免費新聞」（雖然某些所謂「新聞」，只是個別羣組的消息）多至氾濫，願意付費看新聞的人肯定越來越少。然而，不收費並不等於無人付出製作新聞的成本，更不代表新聞內容沒有經過篩選 —— 只是科技令資金來源以至篩選方式更隱蔽、更難以偵測罷了。Facebook、YouTube、Google 等平台究竟採用甚麼運算方式來顯示新聞故事（news feed）的排序？受眾不可能知曉、亦不會明白；就連何時變動了運算元素，又或是變動有甚麼目的，也根本不可能知情。購買 Facebook 的廣告商以及提供內容的 YouTubers，許多時候也摸不清這套運算方式到底想達到甚

在追求更多點擊、讚好、廣傳的網絡經濟下，可以想像，新聞故事顯示的先後次序，總會以吸引眼球（簡稱「吸睛」）為主要目標。

麼具體目標，於是只能緊跟變化。

儘管如此，在追求更多點擊、讚好、廣傳的網絡經濟下，可以想像，新聞故事顯示的先後次序，總會以吸引眼球（簡稱「吸睛」）為主要目標。2013 年，亞瑪遜（Amazon）創辦人傑夫・貝索斯（Jeff Bezos）收購《華盛頓郵報》後，基本上完全沒有就編輯內容提供任何意見，而只專注商務及科技發展方面，目標是令《華盛頓郵報》的網上新聞「貨如輪轉」：每個新聞故事不單上載及發送要快，也要令受眾瀏覽得更快 ——因為盡快看完，系統便可立即推介下篇，而推介方式猶如在Amazon.com 網上購物一樣，會把跟受眾有興趣的題目，全都放在一起。

這種「快就是好」的傳媒新風，令新聞內容出現了前所未有的變化：新聞周期（news cycle）有時短得只有半天，議題難以深入探討；文章要看得快，便須寫得短，而且要刻意設計爆炸性題目（俗稱「標題黨」）；內容不經全面核實便刊登，免得被對手搶先；若資料出錯，也務求要成為最快登出修正消息的平台；報導不用持平，只須引起特定羣組興趣，甚至激發爭議；消費和趣味性強的故事、相片、改圖（特別是有關飲食、旅遊和寵物），則成為許多新聞平台的主打內容。

在二十世紀中葉或之前，基本上不會有人質疑「新聞資訊是

免費報章的問責對象從讀者轉移到廣告商,「不敢得罪廣告商」的想法,也有可能使「第四權」的公信力受到損害。

否要付費」這問題,當時「新聞資訊」本身就是一項商品,其最主流的載體是「報章」,而傳統報章都要付費購買。然而,踏入 1990 年代,免費報章在歐洲遍地開花,不少國家如英國、法國、瑞典等,都出現多份免費報章在同一城市互相搏擊的情況。

很多人傾向「免費取閱」一份免費報,而不再付費購買傳統報章,令本地新聞生態也起了改變。西方免費報一般招聘的編輯和記者人數,大概只有傳統報館的十分之一。而且,不少免費報章的編採方針,大多是根據通訊社或者是新聞稿,或將有合作關係的其他媒體之新聞內容進行改寫,說是「二手新聞」也不為過。大多數免費報章鮮有派駐記者到外地採訪,倘若細心留意,部分免費報連記者署名也欠奉。不到現場採訪也不用署名的新聞故事,予人的問責感較低,與事實的距離也可能比傳統報章來得遠。

然而,這種免費的新聞資料卻非常受歡迎,從營商角度本來並無不妥,但是免費報章的問責對象從讀者轉移到廣告商,「不敢得罪廣告商」的想法,也有可能使「第四權」的公信力受到損害。再者,社交網絡的流行與網上媒體的出現,進一步加劇「二手新聞」的流行情況 —— 部分網媒和內容農場,它們的編採人員可以足不出戶,單靠「炒料」、轉載或改寫通訊社、其他媒體或官方新聞稿內容,就可以「報導」新聞,

從以往過百人以上之傳統報社，演變到今天十數人就可以運作網媒，從營運、人力資源，以至商業邏輯角度去看，免費新聞可能比起不少「付費新聞」更賺錢。

當越來越多人選擇免費新聞，免費便變成理所當然，傳統付費新聞的觀眾、讀者只會越來越少，令廣告商更靠攏免費傳媒，傳統媒體收入減少，要節流便順理成章地先向資深記者開刀，導致深度訪問或偵查式新聞越來越少，迫使不少收費傳媒最終走向低成本的免費報，以較簡單的內容輕鬆地入侵市場。不難想像，繼續走下去的話，最壞情況將會是劣幣驅逐良幣，故傳統專業新聞絕對需要找出一條新路。

挑戰三：新聞策展
——放棄全面分析的挑戰

籌備新聞的時間極短而數量極大，再透過社交網絡廣泛發放，往往使受眾迷失於信息汪洋之中。為了迎合不同受眾的喜好，網絡傳媒便衍生出一些新的內容平台，專門就某一範疇去發掘、篩選、串連和重組相關資訊，並稱這種手法為「內容策展」或是「新聞策展」。當中最著名例子是美國網絡平台

為了迎合不同受眾的喜好，網絡傳媒便衍生出一些新的內容平台，專門就某一範疇去發掘、篩選、串連和重組相關資訊，並稱這種手法為「內容策展」或是「新聞策展」。

《赫芬頓郵報》(*Huffington Post*) —— 成立初期只從不同傳媒平台搜集新聞故事，而不用主動出擊採訪，編輯則按其喜好與立場加入相片、短片、改圖，或是突顯某人的 soundbite 之後，再透過標題展示立場，配以博客評論，嘗試營造聲勢、聚焦輿論，繼而引發社會運動。

「策展」(curate) 一詞借用自藝術界，策展人並非要展示一件物體或貨品，而是透過把不同藝術品放在特定的位置，設定合適環境（包括利用燈光和聲效）來呈現各件作品的獨特面向，並串連不同藝術品去表達某種信息，以至令藝術品和藝術品之間出現某種「對話」。

至於「新聞策展」的關鍵，在於把編輯的角色包裝為「策展者」—— 所有事情都不用全部呈現或描述，容許編輯以自身視點解釋新聞內容，展示一部分事實來強化某種信息。新聞工作者也可按個人意見，對不同時間或地點發生的事情設定新的關係，理順脈絡後下定論。在這個想法下，新聞報導的目的不再是提升受眾的認知程度，而是引發某種情緒反應：新聞可以超越「內容」(content) 的限制，並按編輯的喜好設定故事「背景」(context)，並透過點評 (comment) 來強化想達到的結論 (conclusion) —— 最典型手法，是設定特首必定有某種政治圖謀，例如官商勾結、鞏固權力，或是強化內地與香港關係 —— 於是一切有利營商環境的政策，也可被描繪成利

益輸送；任何制度改革，總會被看成是濫權的手段；而所有跟內地交流的計劃，亦會跟國民教育扯上關係。

另一方面，「新聞策展」這種組合不同平台信息來源的手法，很快便被想賺快錢的公司利用。他們透過張貼海量網絡文章，配以感性標題，企圖以極大網絡流量收取廣告費用，甚至以層壓式手法鼓勵會員不斷貼文，有點擊便可收錢，推薦其他人成為會員貼文，也可抽取佣金 —— 如上所述，這類所謂「內容農場」往往充斥大量垃圾新聞，某些人為求賺錢，甚至會刻意上載假新聞，欺騙受眾點擊後便可收錢。

在日趨撕裂的全球政治環境下，有些新聞平台選擇為特定的政治立場作喉舌，只報導事件中對自己支持那方有利的論點，乃至完全隱惡揚善，更把這種一向被視為不專業的偏頗手法，全部美其名為「新聞策展」，並解釋突顯某種信息後，受眾的情緒反應是與編輯產生了共鳴，反而有助受眾理解複雜的社會形勢。配合如 Facebook 這種不斷按自己喜好提供內容的社交網絡平台，「新聞策展」若繼續選擇只說出事實的一部分，會令受眾誤以為「自己的觀點就是普遍想法」，甚至在世上完全沒有其他反對意見！

社交網絡生態隨着科技發展，一些原本平平無奇的人因各式各樣的原因吸引了一眾追隨者，一躍成為 KOL，即關鍵意見領袖（Key Opinion Leader）。

挑戰四：人人都是 KOL
—— 無法達成共識的挑戰

新聞策展者的冒起，又衍生傳媒要面對的另一個挑戰——那就是湧現大批 bloggers 或 Youtubers 在某段時間內就某範疇或個別議題成為「意見領袖」，亦即傳統市場學的 opinion leaders。在資訊科技還不是那麼發達的年代，社交媒體尚未出現，互聯網仍在發展，傳統媒體作為近乎唯一傳遞新聞資訊的途徑，某種程度上壟斷了新聞的傳播。然而，隨着社交網絡出現，幾乎每個人都擁有自己的帳戶，人人都可以在網上發表自己的意見。社交網絡原意是讓人分享生活點滴，但社交網絡生態隨着科技發展，一些原本平平無奇的人因各式各樣的原因吸引了一眾追隨者，一躍成為 KOL，即關鍵意見領袖（Key Opinion Leader）。

在社交網絡上當 KOL 的門檻，比在傳統媒體上當意見領袖低很多，基本上只要會打字，有自己的想法，會利用社交網絡，就有潛質自稱 KOL。留意 KOL 中的「K」—— 即 Key：關鍵 —— 這個詞語，確實可圈可點，反映社交網絡內意見領袖早已太多，所以要確立只有某些人的意見，才夠份量稱得上是 key。

在 KOL 一詞出現之前，網絡世界尚未發達，主流媒體很多

所謂的意見領袖，多在不同報章上有屬於自己的專欄陣地，部分在電視或電台也有自己的節目，他們依靠不同方法傳播自己的想法，從而左右輿論和大眾的看法及立場。反過來看，網絡內成為 KOL 的方式，卻跟傳統意見領袖很不一樣：KOL 不一定要具備獨到見解，也不必對議題有深入認識，基於市場追求點擊率，只要某人的社交網絡有相當數量的「追隨者」(followers)，便可成為 KOL，在網上建立自己的陣地。

此外，Facebook 的「朋友制」也令某些在其朋友清單加了達官貴人的人，可以自封 KOL。例如，在行政長官選舉期間，就有人表示由於自己的 Facebook 專頁有八名選舉委員會成員看到，故具備一定影響力，因而也是特首選戰的 KOL 云云。奇怪的是，此信息一出，該名自封 KOL 的人也真的在幾天內多了不少追隨者，文章得以進一步廣傳之餘，亦加入了其中一邊陣營的競選團隊。

當 KOL 在網上氾濫起來，傳統傳媒上的意見領袖的影響和權威亦隨之減少，傳媒的生態因而起了巨變。首先，在當下的網絡經濟年代，許多公司基本上並不介意各行各業（特別是跟潮流和消費有關的產業）出現大量 KOLs，因為要聘用這些 KOLs 成為品牌代言人的成本，遠低於過去聘用電視或電影明星，而這就卻引申出 KOLs 的「誠信」問題：到底這個 KOL 的推介是否基於獨立思考？

還是，背後有贊助商支持才會這樣寫？持牌的傳媒機構在廣告與節目內分隔（特別是如何展示產品）方面，由於一向有很嚴格的監管，因此傳統傳媒的意見領袖大多數不會以身試法，以免因違法而失去平台。可是網絡KOLs卻毋須有此顧忌，於是同一範疇但道德標準各異的KOLs，對同一件事所發表的言論可以有很大的差異。

再者，KOL的追隨者往往會傾向同意他們跟隨的KOL，從而將KOL的意見套諸自己身上，令KOL的意見或思想不斷被放大。這很大程度上歸因於社交網絡的特徵——回音室效應。「回音室效應」指社交網絡上的資訊通常會在圈子內被放大，人們看到的資訊會偏向他們圈子內流行的資訊。

舉個例子，本身立場傾向反對同性婚姻的人，所跟隨的KOL也多數有可能反對同性婚姻，從而推論其社交網絡圈子也有機會以反對同性婚姻的朋友居多。根據「回音室效應」的概念，這些人會認為「反對同性婚姻」佔這個社會的大多數，相關資訊會在他們的圈子內不斷被放大，即使有其他調查指出公眾對這個議題的態度有分歧，但在這些人的社交網絡中也未必會得以廣傳。

當人人也可以是意見領袖，每個人都打算以自己的看法影響其他人，甚至壓倒其他人，希望別人成為追隨者。在這種情

況下，只會令人多口雜的情況惡化，傳媒又如何尋找共識，思考如何才能讓社會向前？又或者，我們應該問：當每個人自以為自己的看法是「公論」，到底所謂「公論」還會不會存在呢？

下一章會探討除了解困新聞學之外，不同傳媒嘗試應付上述挑戰的其他方法，然後嘗試證明「解困新聞學」是較佳的出路。

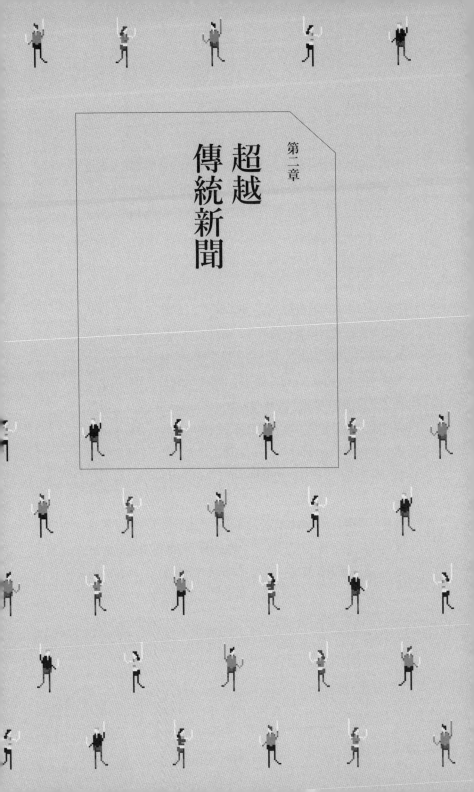

超越
傳統新聞

第二章

傳媒是個因應社會狀況而不斷變化的行業，新聞學則是包含搜集資料、撰寫和報導的學科。傳統新聞製作過程圍繞「六何法」而成，將焦點放在六個問題上，即何事（What）、何人（Who）、何時（When）、何地（Where）、為何（Why）及如何（How）。

我們也可把新聞看成為一種「供求關係」：供應方面，科技發展令新聞行業的競爭愈趨激烈；需求方面，速食文化普及令受眾集中力越來越短，於是新聞報導隨時間變得精簡及市場主導。所謂「市場主導」，指新聞工作者以滿足受眾的渴求為最主要目標，「賣紙」、「高收視」、「多 Likes」演變成新聞報導的唯一價值衡量準則，越煽動性的標題和報導越能吸引大眾的眼球。在這種氛圍之下，新聞工作者漸漸由着重六個問題，簡化成將大部分時間聚焦在問「為何」（Why）。

本章回顧過去百年傳媒行業的變化，找出五個里程碑，探討現代新聞學為何走上一條歪／Why 路，再展望未來社會需要，提出「解困新聞學」可以怎樣迎接時代轉變。

偵查報導要做到公平、客觀，除了有足夠證據和客觀的數字去說明之外，還要找到當事人對質，故偵查式新聞比一般新聞要花上更多時間準備，過程中也有一定危險。

二十世紀初的首次新聞改革：
偵查式新聞 —— WHAT really happened

偵查式報導（investigative journalism）的目的是揭示各種社會問題，記者往往要靠敏銳的觀察去發掘題材，有時也會受匿名線人提供的線索得到偵查題材，但因為線人的資料未必完全可信，記者必須查證核實。偵查報導要做到公平、客觀，除了有足夠證據和客觀的數字去說明之外，還要找到當事人對質，故偵查式新聞比一般新聞要花上更多時間準備，過程中也有一定危險，而且報導更有可能因某部分出現阻滯而告吹，可說是成本高、成效低的工作，還要有足夠膽量才可做到。

今天，學者大多認同偵查式報導源自十九世紀末，當時美國和歐洲同時出現一種新想法，認為記者除了報導現況外，還有責任把跟公眾利益有關的秘密公諸於世。然而，偵查式報導正式成為傳媒行業的一種思潮乃至社會運動，則要待至二十世紀。西方學者普遍認同，現代偵查式報導起源於 1902 年的美國，當時報紙開始廣泛報導政府如何犯錯，令美國第二十六任總統羅斯福（即「老羅斯福」，Theodore Roosevelt）批評偵查式報導記者是「耙糞者」（muckraker）—— 儘管如此，老羅斯福最終也受偵查式報導感染：一篇揭露芝加哥製肉工場惡劣衛生與工作環境的報導，使政府於 1906 年一口

氣推動《聯邦肉類檢查法案》和《純正肉類和藥品法案》，可視為偵查式新聞成功改變社會的首次大勝。

偵查式報導到了今天，已經發展至全球聯手——國際層面的偵查報導聯盟有於 2016 年發表「巴拿馬文件」報導，亦即以偵查國家政要逃稅聞名的「國際偵查報導記者聯盟」（International Consortium of Investigative Journalists, ICIJ），該聯盟為 1997 年成立的非牟利組織，旗下有來自超過 60 個國家的 160 名偵查報導記者，致力聯手揭露貪腐和跨境罪行、訓練記者成為更出色的監察者。在很多發展中國家，負責偵查報導的記者常被迫害、收監甚至殺害。ICIJ 就為他們提供支援平台，並與各國的新聞機構合作進行偵查報導，同時設立「傑出國際偵查報導」獎項，促進各國記者合作進行偵查報導。

亞洲方面，亞太廣播發展研究所曾舉辦一連五天的偵查報導工作坊，探索偵查報導在亞洲的發展。其中主講者分析了為何菲律賓的偵查報導發展比鄰近地區進步——馬可斯（Ferdinand Marcos）獨裁統治的 20 年間以強權壟斷新聞，傳媒受鎮壓，記者被捕。但八十年代初，地下媒體開始蓬勃，新聞工作者冒險出版獨立報紙，暴露政府問題。1986 年馬可斯下台後，記者不用擔心被監禁，但傳媒卻另走極端，媒體的激烈競爭加上記者本身對操守認知不足，令社會普遍

質疑傳媒濫用新聞自由，對傳媒失去信心，記者為趕新聞，連未查證的報導也會刊登。一班新聞工作者意識到，每天流水作業式的報導難以讓記者深入調查，於是在 1989 年成立獨立於傳媒的「菲律賓偵查報導中心」(Philippine Center for Investigative Journalism, PCIJ)。中心聘用專門負責偵查報導的記者，而其他記者如能提交詳細的偵查報導計劃書，亦會獲中心批出款項協助。偵查報導的結果則會向全國發放。

雖然偵查式報導讓記者多了一份使命感，但互聯網世代卻為這種報導手法帶來挑戰，在追求「快即是好」的年代，偵查時間越來越少，成本也越來越高。於是，記者習慣一發現問題便鬥快揭露，而受眾亦習慣了一單醜聞很快會被另一單醜聞淹沒 —— 權貴因而採取另一種策略 —— 拖延，但求瞬間的火焰盡快過去。結果在傳媒和受眾也沒有時間跟進不斷出現的問題下，偵查式報導能夠改變社會的能力也有機會逐漸下降。

光影世界冒起的 1950 年代：狗仔隊
—— WHO they really are

Paparazzi 的中文多數譯作「狗仔隊」。至於 Paparazzi 一詞本身，則源自意大利導演費里尼（Federico Fellini）1960 年的電影《甜美生活》（*La Dolce Vita*）中，那個偷拍名人私隱的記者角色 Paparazzo —— 卻原來導演起這個名稱是根據蚊子發出的聲音！至於「狗仔隊」這個中文名稱，其典故則跟警察有關，刑事情報科因採用跟蹤和竊聽方式追查案件，故此便衣刑事偵緝警員有綽號叫「狗仔隊」，意思是探員偵查時如狗一樣具有靈敏嗅覺，追蹤獵物。其後追蹤式攝影記者也用上這個綽號，再傳至台灣和內地。

追蹤式攝影這種採訪手法，當可追溯至 1930 年代的美國攝影師亞瑟・費利希（Arthur Fellig）。此君被不少藝術家和藝評人稱為「走出影樓去推動現代街頭攝影的第一人」，其作品至今仍影響許多當代藝術家。費利希的名句是：「只要是名人，便可製造新聞」（Names make news），他解釋說：「無人會關心醉酒鬧事的人在貧民區打架，但當有社會地位的人在名貴房車內打架時，所有報章也會有興趣報導。」

1930 至 1950 年代是狗仔隊的成型期。至於狗仔隊真正的黃金年代，則要到 1960 年代中後期才正式開始。當梅鐸

（Rupert Murdoch）於 1969 年收購英國《太陽報》後，正式把小報文化和狗仔隊畫上等號。揭秘爆料加上情色元素，令《太陽報》在梅鐸收購後不到十年，便成為英國最暢銷的報章，且一直維持在首位近 40 年，直到今天。梅鐸也一直被指利用《太陽報》這種影響力，在大選期間影響讀者的投票意向。

同一時期，美國則出現了一個被稱為「狗仔教父」的人物羅恩‧加萊拉（Ron Galella），他不但用上近乎暴力的手段橫衝直撞追蹤拍攝，更會刻意激怒拍攝對象：因為名人發怒的照片，總可以賣得更高價錢。他試過被著名英國演員理察‧波頓（Richard Burton，曾跟伊莉莎伯泰萊[Elizabeth Taylor]兩度結婚）的保鑣打至重傷入院；又曾被馬龍白蘭度（Marlon Brando）打至顎骨斷裂，但是加萊拉之後仍要戴上美式足球頭盔繼續追拍馬龍白蘭度；約翰‧甘迺迪夫人賈桂琳‧歐納西斯（Jacqueline Onassis）因為抵受不了被他長期跟蹤，於 1972 年入稟法院批出禁制令，禁止加萊拉走近她和孩子 50 碼的範圍。

一大批攝影記者瘋狂追拍名人的現象，到了 1997 年戴安娜王妃因為逃避狗仔隊而車禍身亡後，才稍為收斂（儘管法國法院裁定狗仔隊毋須為戴妃之死負責）。相反，中國內地大概在這時才出現狗仔隊。網民戲稱 2003 年電影《十面埋伏》的人物造型被偷拍，是為「內地狗仔元年」，而當下的網絡紅

人「卓偉」(原名韓炳江,卓偉是他眾多筆名之一)則被譽為「中國內地第一狗仔」,專門揭娛樂名人私隱,其客觀效果是令「狗仔隊」一詞近十年在內地不脛而走。

狗仔隊所留下的後遺症,是受眾全面接受新聞需要娛樂化,大家更關心人物八卦瑣事、流言妄語,多於實情為何,亦間接使新聞加插陰謀論變得普及。而且,當受眾習慣見到名人因為被跟蹤或激怒而大失儀態,社會上也營造出一種只求娛樂而不介意別人被攻擊羞辱的氣氛,引發時事評論由批評時弊與挑戰權威,變成只求搗毀(trashing)受訪者的扭曲現象。

至於今天狗仔隊日漸式微,原因卻並非受眾口味轉變,而是智能電話加上社交網絡興起。當每個人任何時候也可高清拍攝時,狗仔隊等於無處不在。唯一不同的是,許多人根本不介意照片賣不賣錢,最重要是多人讚好和廣傳 —— 某程度上,傳媒不再需要投資專業狗仔隊,皆因人人也可以隨時變身「狗仔」,而在街頭偷拍亦已成為日常生活的一部分,大家早已見慣不怪了。

嬉皮士文化過後引發新新聞運動的
1970 年代：沉浸式新聞 ──
WHERE did this happen exactly

1970 年代，世人目睹「沉浸式新聞」(Immersion Journalism) 的興起，這是記者親自走進新聞現場，以第一身報導新聞的一種手法，目標是令讀者完全投入（也就是「沉浸」，immersion）成為故事主角，從而產生更大共鳴。若故事內容主要源於記者本身的生活，則可稱之為「狂掃式新聞」(Gonzo Journalism)。「Gonzo」一詞的字源來自意大利文和西班牙文，意指傻瓜、荒誕，故台灣也有人譯作「荒誕新聞學」，但最準確的翻譯應該是「個人經歷紀實報導」。

沉浸式新聞的起源，跟偵查式新聞有個巧妙的關連。1887 年，當時美國少數女性記者之一伊麗莎白‧科克倫 (Elizabeth Cochran)，裝成患有精神病而住進紐約市精神病院十天，藉此揭露患者接受各種不人道的對待。其後，她再把這一系列以第一身所撰寫的報導，輯錄成《在瘋人院的十天》(*Ten Days in a Mad-house*) 一書，被視為沉浸式報導正式誕生。其後第一次世界大戰及第二次世界大戰先後爆發，沉浸式新聞又以戰地記者的第一身報導出現，記錄了在戰事中的所見所聞。

不過，真正令沉浸式新聞震撼世界的思潮，乃 1970 年代初由「狂掃式新聞」所帶領的「新新聞學運動」（New Journalism Movement）。「狂掃式新聞之父」亨特．湯普森（Hunter Thompson）認為「絕對真相是絕無僅有的」，甚至指「客觀報導是縱容美國政治變得如斯腐敗的主要原因之一」，因為「你不可能客觀對待尼克遜」。他的文章大多涉及所謂「反文化」題材，包括性愛、濫藥、反戰、女權等。湯普森之文風固然充滿反叛味道，他有時甚至主動泡製惡作劇，再把經歷寫成新聞故事。「狂掃式新聞」寫作追求即興，並盡量不作任何修改，意思是把當下的感覺全然記錄，不容冷靜後再加入個人反省。

「狂掃式新聞」的精神在 1990 年代由《滿地可之聲》（Voices of Montreal）雜誌繼承，並把沉浸式新聞再次放上國際舞台。這本來自加拿大的雜誌如今已擴充為擁有各種傳媒平台的「不良傳媒」（Vice Media）集團，其內容涵蓋國際藝術、潮流文化和政治新聞。Vice 雜誌現在於 28 個國家免費派發，以廣告作為主要收入來源。Vice 的記者和編輯擅於透過現場採訪，再以個人經驗和主觀角度撰寫報導，風格亦刻意與主流媒體完全不同，例如 Vice 曾數度大膽地用一整期內容探討一個題目，如用整本雜誌只寫伊拉克人、俄羅斯人、北美原住民（印第安人），又或是內容全都跟精神病患者或發展遲緩者相關。

隨着科技發展，沉浸式新聞中的 immersion 一字又進化成 immersive：一般中文譯作「身臨其境式新聞」。顧名思義，這種報導手法跟虛擬現實（Virtual Reality, VR）和擴增實境（Augmented Reality, AR）技術相關，受眾猶如進入電子遊戲世界，不過並非在玩遊戲，而是像「上身」般成為新聞人物，直接在某個新聞故事現場實境活動，以至和其他新聞人物互動，透過播出真實訪問並輔以紀錄片片段，讓受眾（或稱「玩家」，player）進一步了解新聞人物當時的心態，例如讓受眾變成關塔那摩灣拘押中心的囚犯，或是化身索馬里海盜。

沉浸式新聞無疑讓受眾更投入，甚至會覺得看新聞非常「好玩」，然而，充滿強烈個人色彩的新聞製作手法，必定會失去客觀陳述，更可能令受眾忽略整件事情的其他重點，衍生出今天的「策展式新聞」（整合不同新聞事件以求呈現某種特定信息），以致把社會推向「後真相年代」。自 1970 年代開始，不少傳統新聞工作者批評沉浸式新聞，只是一種譁眾取寵式的表達手法，甚至有人形容為「新聞特技表演」（news stunts）。

通訊科技範式轉移的 1990 年代：
公民新聞學 ——
WHEN everyone is watching

公民新聞學（Civic Journalism 或 Citizen Journalism）很多時也會跟公共新聞學（Public Journalism）一併研究討論。當中的核心思想，是新聞製作不一定由專業記者和編輯負責，而是接受一般市民參與，相信人人都可以是記者。雖然智能電話及社交網絡的普及是二十一世紀初的現象（有人則以 iPhone 於 2007 年面世作為分水嶺），但公民新聞學的概念，其實伴隨着互聯網和 56K modem（調制解調器）日漸普及，早在 1990 年中期已被廣泛討論。

1980 年代末期，美國有新聞工作者提出市民普遍參與公共事務不足，希望透過培養市民報導新聞，關心社會，以至建立社羣推動市民參與公眾事務。及至 1995 至 2000 年間，印第安那大學新聞學院的調查研究顯示美國所有每天出版的報章中，約有兩成已採用了相當程度的公共新聞。也有部分傳媒協助關注特定議題的一些市民成立非牟利組織，向政府施壓或聯繫不同持份者尋求解決辦法。

部落格（blog）及博客（bloggers）在 1990 年代後期極為盛行，令公民新聞學正式成為傳媒不可或缺的元素。所謂「blog」一

詞源於網絡寫手喬恩・巴格爾（Jorn Barger）由「Web Log」（互聯網紀錄）創造出的新詞語「weblog」。其後，另一網絡作家彼得・梅漢斯（Peter Merholz）提出 weblog 就是「We blog」（我們都是網絡作家）的理念，令 blog 一詞在網上火紅並成為日常用的動詞。

自 2000 年開始由博客主導公民新聞學的發展後，公民新聞開始滲透出一種叛逆傾向，隱隱然和主流傳媒形成某程度二元對立的局面：博客認為主流傳媒忽略了社會上不少值得關心的大新聞，而公民新聞是一種賦權行為（empowerment），透過讓每個人都有機會成為傳媒而為自己發聲。此趨勢又令公民新聞學多了一個新標籤 —— 參與式新聞（Participatory Journalism）。這個新標籤的核心意義在於，議題設定不再是專業傳媒人的專利，而是可以由全民參與。當中一個引伸出來的效果，是令大量地區傳媒平台湧現。一些過往在大氣電波或對全國性發行報章而言可能顯得受眾市場太小的議題，在互聯網和社交網絡的賦權下，讓該區居民形成一個獨特市場，利用「眾籌」（crowd funding）方式養活這些地區傳媒。

「參與式新聞」在 2010 年後的另一發展方向是利用大數據，透過互動「資訊圖像」（infographics）的方式，讓受眾度身訂造自己想看的數據，而不經新聞工作者剪裁。如 2012 年台灣一班程式設計員成立「零時政府」網上社羣，開發容許公

民了解政府與社會資訊的工具，以另一個角度理解新聞。其中一個有趣手法，是讓受眾選擇「換算單位」，例如陳水扁所貪的錢總共等於多少份營養午餐？多少碗鬍鬚張魯肉飯？多少杯珍珠奶茶？多少部最新型號的 iPhone？甚至是多少次太空旅遊？

把政府所用公帑換算成日常生活的數字，目的是要市民對這些龐大金額有更具體的印象，令人想起如果錢不花在這裏而花在其他地方，可以幫到多少人。雖然有學者認為這只是刺激公眾思考的技術，而並非實際上參與新聞流程，故認為此乃「互動新聞」（interactive news）而非參與性新聞，但隨着社交網絡讓每個人也可發佈信息，「剪裁再轉發現有新聞故事」無疑也可視為製作流程的一部分。

公民新聞學由最初出現至今天，一直被業內人士批評實際上不算報導新聞，而是把壓力團體包裝成傳媒。面對這類批評，一些公民新聞學的支持者順勢提出另一標籤 ── 倡議式新聞（Advocacy Journalism）。但不少壓力團體製作以倡議為本的新聞故事，有時僅是為了向當權者施壓，卻完全避開了新聞背後某些關鍵事實，於是往往被視為不符合「傳媒操守」（media ethics）。固然，支持者認為公民新聞學正因沒有任何包袱，故比起大傳媒機構更自由，也更貼近民情。可是，不少公民記者由於基本訓練欠奉，有可能會犯上一些低級錯

誤。其中最常見的錯誤，是沒有核實資料來源，或是不小心公開了該受保護兒童之資料。

社交網絡和 App 顛覆一切的千禧世代：戲仿式新聞——WHY so serious

以政治戲仿方式諷刺時弊，可追溯至公元前五世紀古希臘喜劇作家亞里斯托芬（Aristophanes）。歷史學家發現，政治諷刺劇的內容對雅典式民主（亦即「直接民主」）制度下的民意，應該有極大影響。過去，政治諷刺漫畫是世界各地時事版的必備元素；今天，科技除了讓信息得以急速廣傳外，同時讓受眾可自製內容，造就各種二次創作，包括改圖、改歌詞、剪接短片，成為新世代的政治戲仿模式。

在香港，以製造話題及瘋傳內容聞名的網絡平台，處於傳統新聞的邊緣，卻得到時下的人，尤其是年輕人的歡迎。例如，香港就有兩間均以本地為基地的網路平台，旗下有兩個社交媒體網站 100 毛和 9GAG。前者擅於以戲仿和以流行曲二次創作手法，回應香港的社會及政治議題，平台包括雜誌、社交網絡、網上電視台，而且也擔當製作公司的角色，替客

戶拍攝在主流傳媒播放的廣告；後者更衝出世界，集合全球的二次創作，轉載用戶自創的惹笑圖像與影片，平台橫跨Facebook、Twitter、Instagram，而且早在 2012 年便獲多個美國創投基金合共注資超過 2,000 萬港元，令當時 9GAG 之估值超過 1 億港元。

政治戲仿會稱自己為「新聞」或「另類新聞」（Alternative News）。香港的「墳場新聞」網站便是以古人事跡和古文，借古諷今，當中隱含「歷史總會不斷重複」的意味。又例如，日本的「虛構新聞社」，由滋賀縣一位補習老師創立，滋賀縣位處京都府旁，於是老師想到把「京都」的日文拼音，由 Kyoto 轉為 Kyoko，即「虛構」，目的是提醒受眾網絡充斥着各種虛假消息，希望透過標明其網站及 App 內的「新聞」屬虛構，提升現代人的獨立思考能力，同時暗指一些荒誕的社會現象，試看看該網站以下這些標題：

- 千葉電波大學科研突破　成功以鑽石合成碳：鑽石由碳原子組成，科學家又怎可能把鑽石合成碳？這段假新聞旨在提醒讀者要留意科學研究中的因果關係，小心有報導錯用數據，倒果為因。

- 山梨縣美富士大學新校規　學生可在網上購買學分：既然學生網上抄襲、作假、偽造學歷等情況太過普遍，何

不直接讓他們在網上買學分算了？這一段應該是希望讀者可反思一下教育的意義。

- **美國大選　日本投票率竟為 0%**：住在日本的美國國民可海外投票或郵寄選票，但卻不可能有日本國民就美國大選投票！這則假新聞既批評日本人無意識地追逐美國大選的消息，也暗諷日本國策太過向美國傾斜。

- **諾貝爾基金會榮獲諾貝爾和平獎　肯定成立諾貝爾和平獎對和平貢獻**：這則假新聞既挑戰諾貝爾獎的權威，也挑戰一眾諾貝爾和平獎得主對和平的實質貢獻，並間接提醒讀者要留意日本可能修憲令自衛隊合憲化。

不過，以上提到的各個政治戲仿平台，縱使有大量內容跟政治有關，但仍然被視為以提供娛樂為本，以致未能成為一般受眾的「新聞來源」（news source）。真正令主流傳媒及時事評論員刮目相看的，是由美國「娛樂中央台」（Comedy Central）製作的《每日騷》（*The Daily Show*）。此節目雖是晚間清談搞笑節目，卻極受 18 至 49 歲的人士歡迎，而且有一成的慣性觀眾更以這個節目為接收新聞的來源！願意上節目受訪的嘉賓，包括美國總統、國會議員、政治學教授、白宮新聞記者等。嘉賓一般想透過和這些擅長即興說笑的主持人交流，向受眾表現自己較人性化的一面。主持人也利用幽默

手法，迫使受訪者回應某些尷尬問題。

「戲仿式新聞」無疑令很多過去對政治毫無興趣的人，因為有趣搞笑的內容而關心社會。然而，「戲仿式新聞」由於傾向把一切時事均視為笑話，有可能令受眾忽略了某些事情的嚴重後果。例如，美國絕大部分晚間清談搞笑節目，都在 2016 年總統競選的黨內初選期，視特朗普（Donald Trump）為一大笑話，沒有認真看待特朗普早期只顧肆無忌憚地攻擊其他對手，卻毫無理據，而且也未有提出具體解決方案。加上特朗普的狂妄本色實在搞笑，於是他獲得的曝光率遠較其他參選人多，大量免費宣傳可說是間接令他勝出選舉的原因。另一方面，不少搞笑節目主持人亦沒有打算提升所謂「專業新聞操守」，認為那是新聞工作者的責任，而自己只是「娛樂人」（entertainer），甚至批評越來越多人投向搞笑平台，只因為主流傳媒越來越差，令提升「戲仿式新聞」質素之舉根本無從入手。

現代新聞學走上 WHY 路
新世代新聞要找答案

假如說傳媒是羣眾面向世界的一扇窗，那麼傳媒其中一個主要角色，必定是讓人們想像與理解現實世界正在如何運作。新聞工作者每天透過選擇自己關心（也可以是忽略）的題材，塑造社會大眾的對世事的看法。今天，傳媒都集中報導社會發生了哪些問題，一窩蜂朝向負面報導。例如早在 1997 年由非牟利民意調查機構「公共議題」（Public Agenda）所進行的研究發現，有八成美國人認為「傳媒的工作只是報導壞消息」——特朗普上台後，今天再做一次同樣研究，比率應該會高更多。

究竟負面報導對世界有何影響？試想一下，家長只指出孩子的錯誤來嘗試改變他們的行為，或是管理層只指出僱員的缺點而期望他們有更好表現，卻從不告訴他們可以怎樣改善，這是最差的管教方式或最欠缺效率的管理方式。對於一個國家以致整個世界，只追求負面的新聞學是行不通的。

每一種新聞學的出現，都是回應時代轉變的結果，但同時又引發新的問題——**偵查新聞**針對事情到底怎樣發生，但揭發問題速度太快的話，社會整體跟不上；**狗仔隊**引領受眾進入視像為主的傳媒世界，加深人們對新聞人物的印象，代價是

新聞從此娛樂化；**沉浸式新聞**以第一身報導把受眾吸進新聞現場，嘗試提升對事情的理解，但主觀角度往往導致顧此失彼；故**公民新聞學**認為不如向受眾賦權，容許每個人都以自己的視點撰寫新聞，然而當人人都有自己的聲音之際，太多角度反而令社會迷失方向；於是，**戲仿式新聞**把這種集體無力感化成笑話，反正改變不了這個真假不分、是非不分的世界，問題好像只會出現，不會解決，那就不如一笑置之，只顧自身快樂好了。

那麼再向前看，新聞學需要有甚麼改變？由事情發生的一刻，新聞學便成了社會與資料間的回應機制（feedback loop），透過呈現真相，讓社會得以自我糾正。新聞工作者一方面是社會的守衛者，探討論各種問題，包括政府腐敗、社會不公等。揭示了這些問題後，希望推動社會改變，相關人等需要為其行為負責。

因此，我們也需要聆聽世界的另一面，不但留意問題所在，也要關心那些具創新意念的人，正在「如何」（How）去解決問題，這就是「解困新聞學」的精神。

支持「解困新聞學」的人，經常會請受眾參與一個測驗：你認為今天世界面對的三個最大問題是甚麼？好。現在再想一想，解決這三個問題的辦法……到底那樣較容易？不難想

像，大部分人都會覺得找出問題，基本上沒有難度，但要想出辦法卻很困難。為甚麼我們會有這樣的反應？這個現象背後反映了甚麼？

例如，每年美國約有 3,000 萬噸廚餘，經循環再造後，當中仍有約四分之一被送到堆填區，而釋放出來的沼氣，比起二氧化碳有害 20 倍或以上。要解決這個問題，一般人都會要求政府收緊法規，於是美國的環保部門在 2014 年立法禁止商業機構棄置廚餘。但除了懲罰這個方法之外，還有沒有其他答案呢？不少地方就有慈善機構與商界合作，重新把快將到期的蔬菜分配到各個有需要家庭。猶他州亦有一間名叫 EcoScraps 的公司，利用創新科技將廚餘在不釋出有毒氣體的情況下轉化為有機肥料。據現時統計，轉化 1,500 萬磅廚餘可減少釋放 900 萬磅沼氣。

假設有更多傳媒探究和討論各種不同解決廚餘的方法，而不是只專注於批評傾倒廚餘，大眾應該對如何解決這個問題有更深入的了解。但絕大部分新聞工作者較喜歡評論問題而不是答案，試想想，當這個世界由負面報導完全蓋過答案與真相，社會將變得怎樣？人類還應否對未來存有希望？即使傳媒偶然會在這種晦暗的世界觀中加插少許好消息、英雄事跡、勵志故事等，但零星落索的點綴，效果當不會像定期報導具創意的人及各種答案，更能夠為社會帶來改變。

「解困新聞學」不單止關心做壞事的人沒被傳媒揭發，更關心為社會作出改變的人被埋沒。

要留意，報導答案並不是要求傳媒變成不同議題的倡導者。傳媒應該維持客觀報導的本質 —— 環顧四周，「解困新聞學」其實隨處可見，在商業報刊，一般也有公眾關注的創新科技解決方案，故介紹與比較答案這種手法，有能力保持瀏覽量及影響力。為甚麼？因為讀者以至社會整體，最終不是需要問題，而是答案。

傳媒習慣了當守衛者的角色，揭示錯處，但其實社會上尚有不少舊問題和新問題需要解決 ——「解困新聞學」始創人大衛・柏恩斯丁（David Bornstein）說：「『解困新聞學』不單止關心做壞事的人沒被傳媒揭發，更關心為社會作出改變的人被埋沒。」地球正在面對很多問題，包括貧窮、失業、人權等，社會需要具創意的個人、團體、慈善機構、商界、政界去解決這些問題。今天新聞工作者的確具備潛能去改變人們對世界的看法，因為他們可透過檢討所報導的真相，為問題找出更好的答案。

再次思考一下你剛剛想到的三個問題？原來，解決問題的答案離我們不遠，只要我們願意努力散播有關解決方法，令比較答案這種報導手法成為全球新聞的新思潮，我們或者能夠改變世界。

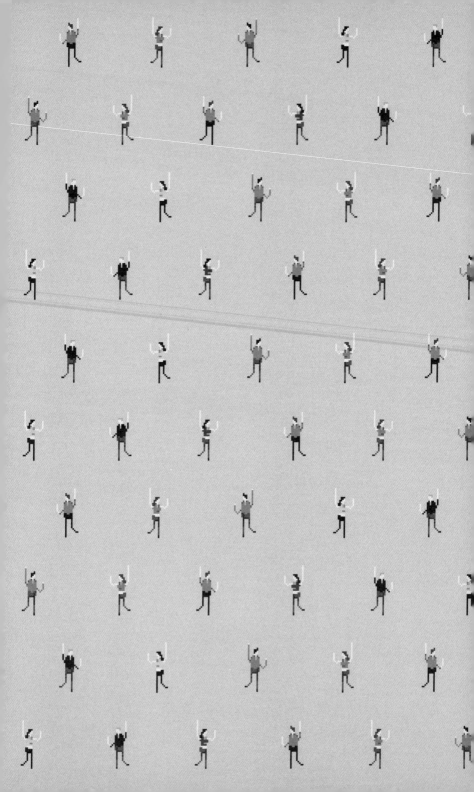

第三章

以解困新聞學
為起點

不是新聞工作者的話，了解「解困新聞學」其實有甚麼用？

為甚麼要對「解困新聞學」有基本的認知？

因為，我們都不能逃避所謂「後真相」年代的挑戰。網絡 1.0
和網絡 2.0 之間最大的分別，是前者主要透過互聯網令資訊
快速傳播，不過新聞的製作和接收仍然有明顯區間；然而，
後者卻透過社交網絡，令受眾在接收之餘，也有無限創作空
間，受眾在自己的圈子內成為內容提供者，他們自訂內容、
設定議題、權衡輕重，結果卻是真假難分，或刻意是非不分，
乃至發掘問題的速度遠比尋找答案快。

正因每個人每一刻也有機會同時發放和接收資訊，故「解困
新聞學」希望可提供一個思考框架，讓發放資訊的人即使不
是新聞工作者，也可不斷提升內容質素，避免誤導羣眾；另
一方面，「解困新聞學」也想提醒所有受眾，在接收新聞的同
時，要嘗試留意答案在哪裏，避免排山倒海的資訊令自己只
看到問題，卻找不到出路。

簡言之，「解困新聞學」的目標是任何人在發放或接收新聞
後，因為把注意力放在答案及實踐（即 How to）上，而對社
會再次抱有希望，不用每次看完新聞後，只會感到憤怒或
無助。

解困新聞學十問

那麼，到底怎樣的新聞處理手法才算「解困新聞學」？每個「解困新聞學」的故事都不一樣，但以下這十個問題應該能夠刺激思考，繼而讓你理解「解困新聞學」背後的精神：

（一）有沒有回應所提出的社會問題？

這條問題或許是定義一篇報導是否屬於「解困式新聞」的最快速測試。如果故事中沒有描述任何答案，基本上就不會是「解困式新聞」。

相反，很多要求官員下台的評論，基本上都是以列舉罪狀的方式作鋪排，但那些官員所幹的事情，到底要如何擺平或解決，則大多欠奉。除非論者能確認該官員離開後，全部問題便會自動糾正，否則絕不算解困。

（二）有沒有倡議成分？

「解困新聞學」顯然不是要倡議特定的營運模式、表揚個別組織，或推崇某種想法。所有追求解決方案的人，會保持洞察力不斷探索各種方式和其他想法，而不是只相信一種說法，讓人感覺良好。

相反，多數關於社會創新的報導，總採取激勵人心的風格。

但已出現的答案不一定是最好答案，更不可能是唯一答案。況且時移世易，任何解決問題的辦法也得因時制宜。例如，有非牟利團體連同善長人翁捐款協助青年中心轉為「網吧」，在 2000 年初的確可讓年輕人有個新聚腳點，但隨着上網費用變得便宜，加上很多家庭今天也有裝設 Wi-fi，青年中心便當再思考如何轉變。「解困式新聞」必須比較不同答案，指出每個答案的優劣，更不能隱惡揚善，避免令人誤會是公關宣傳。

（三）有沒有吹噓好人做好事？

「解困新聞學」和一般的「好消息」之間，應該要有明顯區別。「好消息」報導傾向吹捧個人和鼓舞人心的行為，塑造民間英雄。「解困新聞學」則應該聚焦新想法，還有如何令這些概念變得可行，輔以能夠客觀量度的成效。

相反，在今天負面報導氾濫的情況下，任何認真提供答案者，需要有人表揚其付出過的努力。人們需要仰望英雄，而傳媒則希望成功製造明星。問題在於，一些充滿個人魅力的領袖可以做到的事，卻不一定是其他人的答案。是故，「解困新聞學」選擇專注解決問題過程當中，到底哪些元素能夠被複製。

(四) 有沒有把解困過程置於核心?

一如其他不同形式的新聞,「解困式新聞」也需要建構一個好的故事。而一如其他好故事,主角在過程中會面對各種挑戰,也會不斷進行實驗,當中有成功的時刻,也有失敗的經驗,促使他們繼續學習。不過,「解困新聞學」強調應當以敍述怎樣解決問題為故事主軸,尤其是整個過程的張力,當置於要解決的問題本身有何難度,而不是主角的某些個人經歷。

相反,不少新聞故事會以主角早期的一些悲慘經歷,又或是工作的不如意事為核心,建構整個起承轉合的過程。好像主角要解決問題只是想出人頭地,令自己不用再遭人白眼。但一個人以甚麼為誘因,並如何化經驗為推動力固然重要,可是「解困新聞學」並非勵志寓言或心靈雞湯,因此故事中有關解決問題的具體技術含量,必須相對較高,始有教育和推廣的功效。

(五) 有沒有解釋所描述的社會問題之成因?

「解困式新聞」不應只聚焦答案,而必須清楚界定這個答案乃針對甚麼問題。換言之,問題的成因為何,當有清楚而全面的記錄,從而闡明報導中的答案可怎樣解決目前的困難,以至將來可否出現「槓桿效應」,令這個答案在未來能影響其他地方。

相反，只談理想和原則，但是沒分析問題的根本成因，則不算「解困式新聞」。例如，大量有關愉快學習的報導，都會以「能夠減低學生壓力」為標準答案。不過學生的壓力成因為何？當中牽涉的問題便極為複雜，而所提供的答案到底會如何影響成績或校方與家長的關係，亦不一定會詳細分析，更遑論換了另一位教師又或在另一位校長的領導下，該答案又是否管用的問題。

(六) 有沒有提及解決辦法牽涉的執行細節？

一個好的「解困式新聞」故事能深入探討解決問題的方法，當中要調查的問題包括：解決這些問題的答案，實際上以哪種模式操作或營運？當中有哪些元素具教育意義？其他人可以某程度上複製其成果嗎？

相反，許多機構的成功創新例子，都跟其創辦人獨特的背景相關。只強調這些創辦人有哪些地方與別不同，並不能協助其他人解困。反而聚焦管理和營運手法，讓人更容易學習到解決類似問題的方法。

(七) 有沒有在應用層面可以汲取的教訓？

「解困式新聞」之所以能夠吸引人注意，是因為受眾能在故事當中有新發現，也就是一趟讓受眾進一步了解世界如何運作，並且讓世界變得更好的旅程。正因如此，受眾更需要知

悉新聞主角在這趟「旅程」中，曾經如何犯錯，又獲得哪些經驗。

相反，許多探討答案的文章，總喜歡引經據典（如仁者無敵、上善若水）。然而，要把諺語的智慧轉化為實質答案，必須用實例來說明。可惜不少傳媒人的商界和社會實戰經驗不足，有時難以提出具體個案，甚至以陰謀論代替邏輯推演，並企圖用花巧文字修飾，看完後只覺論者學養甚高，卻難以知道如何實戰應用。

（八）有沒有「貼地」個案而不僅僅是「離地」的專業知識？

「解困新聞學」強調親身體驗，而且答案要切實可行。因此，報導所選取的答案，必須是曾在相關範疇工作的人所提出的應用秘技。只有真正在現場嘗試解決大小問題者，才會知道實際情況和實踐層面的各種細節。

相反，太多所謂「答案」，都欠缺如何能做得到的方法和時間表。像香港的政制或社會問題，便經常會聽到有政客或學者提出只要修改《基本法》便可行。可是，要怎樣才可提請中央去修改《基本法》呢？每當提出這個問題，同一批人便會轉用另一種說法，稱這是他們所堅持的理想，卻仍然說不出如何實踐。

「解困式新聞」之所以能夠吸引人注意，是因為受眾能在故事當中有新發現，也就是一趟讓受眾進一步了解世界如何運作，並且讓世界變得更好的旅程。

（九）有沒有與答案成效相關的證據？

「解困式新聞」往往由新想法出發，不過，一如其他扎實的新聞故事，在可能的情況下，記者應當以實質證據支持答案中哪些元素是有效（又或者以實質數據來證明某些方式無效）的。固然，很多尚屬初步階段的解困方法，其唯一「證據」可能只能來自觀察所得的成效，關鍵在於千萬不要誇大其辭，且要審慎看待已有的成果，再作長期跟進。

相反，不少以籌款模式或引發羣眾關注個別議題的宣傳運動，可能會激發一時的熱潮，但真正效用如何，又能否改變社會風氣，一般需要好幾年的觀察。像 2014 年流行的冰桶挑戰，以點名方式要求別人捐款予支援肌肉萎縮性脊髓側索硬化症的慈善團體，被點名的人需在 24 小時內，拍攝一段把一桶冰水倒在自己頭上的短片，之後再點名另外三人去延續此任務。從往後幾年的反應及籌款數字來看，不論對提升罕見疾病的研究經費，還是引發公眾關心其他疾病，似乎均不是一個有效的答案。

（十）有沒有說明答案存在哪些局限？

社會問題不但沒有完美解決方案，而且大部分答案都必定有其限制和風險。「解困式新聞」不會刻意迴避這些不足之處，反而會分析達致該答案所需的客觀條件，嘗試探討改善各種答案的可能。

例如，一些在某些國家可行的答案，在另一個地方便可能不管用，畢竟不同地方有不同文化。像預設默許捐贈器官政策，在西班牙有令人振奮的成效，救活許多生命，但在巴西及新加坡卻引發強烈反彈，促使大批國民脫離捐贈名單，甚至令短期捐贈率不升反跌。

要完全記憶以上十個問題確實有點困難，然而事實上，很多「解困式新聞」故事也只能回應上述問題的一半左右。不過歸納下來，這些問題可轉化而成三個運用「解困新聞學」的基本原則，也是撰寫「解困新聞學」報導時必須包含的元素：

第一，先定義清楚一個問題；
第二，盡量列出全部可能性；
第三，比較不同答案的優劣。

接下來，我們會逐一審視這三個基本原則。

解困新聞學基本原則一：
「先定義清楚一個問題」

顧名思義，「解困新聞學」的最終目標當然是「解困」，也就是為受眾及社會解決問題，提供答案，並讓人從死胡同中找到出路。既然要解決問題，第一步當然要清楚知道問題到底為何，也就是清楚定義問題。如果一開始便放錯焦點，問題定義不當，往後的所有工作或跟進，只會徒勞無功。

怎樣才知道問題是否定義清晰？可以借助傳統新聞學的六個基本問題思考框架，亦即「六何法」(5W1H)，包括：何事 (What)、何人 (Who)、何時 (When)、何地 (Where)、為何 (Why) 及如何 (How)。但「解困新聞學」要求所有報導必須解答「如何」──即 How？或 How to？這個問題，甚至以 How 作為思考起點，也以 How 作結束。

「解困式新聞」絕對與「刑事案件調查」不同，後者不得不查明犯案者的「動機」，也就是必須解答「為何」(Why) 這個問題，因為從刑事檢控的角度，單單知悉犯案手法 (即 How) 並沒有用，如果欠缺動機，控方便不足以入罪。「解困新聞學」卻與這個過程剛剛相反，能夠猜出政治人物的動機並不足夠，最重要是實際上如何解決問題。例如，不同政黨均異口同聲希望修補社會撕裂情況，但政治口號只可表達他們的

願景，至於要推出甚麼政策，改善哪些措施，始能實際上令社會不同階層感覺良好？這種「感覺」又該如何量度？不清楚定義「彌補」一詞，便不能實際解決社會撕裂的問題，最終只會導致各執一詞、自說自話的局面。

一般而言，如問題所牽涉的範疇過於空泛，便屬定義不清。於是，「解困新聞學」寧可選擇聚焦在特定而具體的問題上。因為問題定義不同，答案也自然不同，試看以下例子：

(1) 假設把「撕裂」定義為貧富懸殊，則其中一個具體解決辦法是設計更多針對性扶貧措施。客觀量度標準可以是領取綜援的數量又或是堅尼系數；

(2) 如果把「撕裂」定義為「上樓」(即獲分配政府資助房屋)和「未上樓」的人之生活質素差距，則解決辦法可以是加快「上樓」速度，又或是改善「未上樓」人士的生活質素，包括增加優質生活空間等。至於客觀量度標準，則會是等候「上樓」的輪候時間，或人均公共空間面積等。

(3) 若然把「撕裂」定義為行政與立法關係疏離，則解決辦法是增加各政策範疇的溝通平台、擴闊諮詢機構的組成、推行政制或問責制改革，以至應用新方式醞釀政策。至於客觀量度標準，可以是跨黨派合作草擬的政策建議之數量。

要留意，導致社會撕裂的成因眾多，以上三個定義只是部分原因，甚至不同黨派也可以持不同意見，認為某些問題並不屬於「引致社會撕裂」的範疇。另一方面，也有許多政治人物經常會說：「上述全部問題均會引致社會撕裂」，然後要求政府要「全方位」增加支援。從「解困新聞學」的角度看，不論諸多挑剔地認為政府事事做得不足夠（反對派慣性手段），還是要求漁翁撒網式大包圍措施（建制派常用策略），往往會令制訂政策的官員無所適從，不知從何入手，最終只會令推出的措施無效，又或只有粉飾表象之功效。

因此，與其要求只一次解決多個問題，不如清楚定義「一個問題」，然後比較各個針對解決該問題的答案，才有機會找出最佳答案，獲得最大成效。

解困新聞學基本原則二：
「盡量列出全部可能性」

如果僅以「如何」作為思考起點，有機會因為專注於某個答案的執行細節，而將解決問題的空間收得越來越窄，於是報導的故事可能傾向太技術性，令受眾難以消化。為了避免

「解困新聞學」強調盡量列出多個不同而可能出現的狀況，而不同狀況需要不同答案，於是便會得出不同的 How。

鑽牛角尖，「解困新聞學」強調盡量列出多個不同而可能出現的狀況，而不同狀況需要不同答案，於是便會得出不同的 How —— 此乃「解困新聞學」第二項基本原則。

不過，現實情況瞬息萬變，特別在處理複雜議題時，很多時候輿論會作出所謂「沙盤推演」，也就是軍事或管理學上常用到的「情景規劃」(scenario planning) 的方法，即按現時的情況估計外圍環境會怎樣變化，然後按不同的「情景」下將發生甚麼事情，盡早作出「規劃」，務求做好能夠應付一切情況的準備。

解決問題的方法總不止一個，要找出最好的答案而不是只吹噓某一想法，我們必須盡可能將全部能夠想到的可能性，毫不保留地呈現在受眾之前，不能選擇性地將對自己一方有利的論點（或是符合預設立場的答案）報導出來，而不提其他答案。

不過，以上這種在政治新聞中經常出現的偏頗手法，在其他時事新聞故事中卻偶有轉變。例如，2017 年 5 月，一款名為 WannaCry 的勒索軟件席捲全球，令很多裝有視窗系統電腦的文件被鎖死，結果不少傳媒忽然搖身一變，紛紛成為「解困新聞學」的支持者，提供各種答案及預測可能出現的情景，再提出具體預防方法，以免全球更多電腦受感染。而且，許

多報導也跟從以上「盡量列出全部可能性」的原則，詳細列出使用不同版本視窗系統的電腦，究竟哪些系統要預防此惡意軟件，哪些系統則應該安全。再者，預防這個惡意軟件的方法很多，也有詳列各種方法，讓受眾可按照自己的科技水平「接招」。最簡單的是更新作業系統版本，堵塞漏洞；較複雜的方法是先安裝特定掃描程式，找出惡意軟件本體後，再加以隔離；更高階的方法是調整「路由器」(router) 設定，封鎖指定網絡位置，阻截攻擊。以上是一個非常好的例子，證明傳統傳媒也能夠採用「解困新聞學」的手法，報導頭版主打新聞。

「解困新聞學」第二項基本原則「盡量列出全部可能性」的重要性，在於讓報導增加了包容性，將專注於技術細節而被收窄的視點再次拉闊，透過毫無保留將各種可能性呈現，讓不同水平、不同階層、不同立場的受眾也有機會找到適合自己的答案，解決了一開始只聚焦於 How 所帶來的思考盲點。

解困新聞學基本原則三：
「比較不同答案的優劣」

在列出和分析各種可能性後，「解困式新聞」也有必須負上的責任：「比較不同答案的優劣」。這個最後原則只有一個目的，就是運用邏輯推理及現有的客觀數據，將各個情景發生的機率和背後的成本效益呈現給受眾，而不是單純地由記者按自己的喜好告訴受眾「這個好，另一個不好」，因為這樣不只欠缺數字及理據，更會讓部分人有機會將其扭曲至「新聞策展」。

熟悉創造心理學的人，應該可看出「解困新聞學」第二項和第三項基本原則，來自著名心理學家基爾福（J. P. Guilford）的理論——擴散性／聚斂性思考（Divergent／Convergent Thinking）。「擴散性思考」是指解決問題時，會想出多個有機會解決問題的方法，而不會只困在單一答案內作「鑽牛角尖式」的探索。

基爾福認為，「擴散性思考」代表人類天生會創造的特質，當中包含下列四種元素：

第一，流動思考：腦袋被激發而變得靈活，從而能在極短時間內，用語言和圖像表達各種不同的抽象觀念；

第二，轉化思考：把所有思考到的事情不斷改變，從而衍生更多想法，也就是觸類旁通，並能夠隨機應變，拒絕墨守成規；

第三，原創思考：思想進入一種不斷超越的運作模式，對所觀察到的阻礙，能提出獨特的處理方法和見解；

第四，微調思考：進入較冷靜的深思熟慮階段，進行更精密分析，力求完美，繼而踏入「聚斂性思考」的領域。

緊隨着「解困新聞學」第三條基本原則而來的，便是「聚斂性思考」，意思是個人運用已有的經驗及所得的資料，尋找解決問題的答案的推理性思考模式。這一種思考模式由原先設定的問題所提出的方向出發，進行有規範的思考，亦即比較封閉性的思考模式，藉已知事實歸納和篩選，將問題範圍不斷縮小，並集中注意力尋求唯一而最理想的答案。

只有在各種數據，包括成本和效益都齊備的情況下，各個情景才可作客觀比較，否則就只是流於情緒化的無意義辯論。有些受眾甚至為了保住自己 KOL 的面子，盲從陰謀論而不顧一切客觀事實的爭辯。只有在「比較不同答案的優劣」之後，受眾以至社會整體才有合適的環境，在眾多可能性中，分析和挑選最符合現實環境的答案及出路。

在簡單介紹「解困新聞學」的三個基本原則後，便可相對清楚「解困式新聞」的寫作方式，在結構上跟傳統新聞的寫法到底有何分別。傳統新聞要求記者以「倒金字塔式」寫作，先把最搶眼的關鍵字放在標題（有人甚至嘲笑今日的網絡「標題黨」，以標題吸引受眾進入，但內容欠奉，甚至與題目不配合），再把最重要的資訊放在整篇新聞故事的第一段，然後把補充資料放在下一段，細節則放在故事較後的部分，一如下圖：

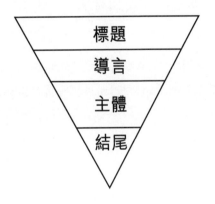

至於「解困式新聞」的故事結構，則是「鑽石型」或「階磚型」，先把問題聚焦在一點，再擴散到各個可能性，經比較後找出最佳答案，然後以出路作總結，見下頁：

有關「解困新聞學」的故事結構，將會在本書第三部再次提及，並會在該部分介紹一些「解困新聞學」常用的比較答案方法。在此之前，本書的第二部會先說明和解釋「解困新聞學」的應用原理。

第二部

解困新聞學
的原理

第四章

解困新聞學
發展現況

「解困新聞學」雖然於本世紀初才成為一個較普遍現象，但這個思潮以及其背後的精神，早在其他許多平台出現。本章將會介紹一些符合「解困」精神的傳媒，藉以進一步闡明如何實際應用「解困新聞學」。

《紐約時報》Fixes 專欄
—— 解困新聞學之誕生地

《紐約時報》的 Fixes 專欄由 2011 年開始，每星期介紹一個以創新手法解決社會問題的個案，可視為現代「解困新聞學」的起點。專欄名稱 Fixes 的中文翻譯為「修理」，而最後加上的 -es，則具有雙重含意：如果是加 -es 而成為 fixes 這個動詞，則是強調社會創新者如何身體力行，努力去「修理」(fixes) 不同社會問題；另一方面，若加上 -es 而作為 fix 這個名詞的眾數，則代表「修復」社會問題的方法眾多。

Fixes 專欄基本上以大衛・柏恩斯丁（David Bornstein）和蒂娜・羅森堡（Tina Rosenberg）兩位資深記者為主筆。前者是「解困新聞學」的先驅，其成名作是 1996 年出版的《夢想的代價》（*The Price of a Dream*），書中詳細描述孟加拉的

「農村銀行」(Grameen Bank)如何透過「微型貸款」(micro finance)，協助窮鄉僻壤的婦女自力更新，而農村銀行創辦人穆罕默德・尤納斯 (Muhammad Yunus) 亦因這項扶貧計劃，在《夢想的代價》出版的十年後，於 2006 年獲諾貝爾和平獎。其後柏恩斯丁再於 2003 出版的《如何改變世界》(*How to Change the World*) 一書中列舉了大量社會創業家的故事，除奠定了「解困新聞學」的理論基礎和寫作方式之外，也為現代「社會創業家」(social entrepreneur) 賦予新定義，激發近年社會企業發展的思潮。

至於羅森堡，則早在 1996 年憑探討九十年代初的歐洲經濟發展而獲得新聞界最高榮譽之一的「普立茲獎」(Pulitzer Prize)。她曾經投身學界並在南美教學，及後主力研究世界各國的政策，也為《紐約時報》撰寫社論。為了進一步推廣「解困新聞學」，她連同女權運動代表葛妮・馬丁 (Courtney Martin)，跟柏恩斯丁合作在 2013 年創立「解困新聞學網絡」(Solutions Journalism Network)。

隨着「解困新聞學」在西方社會普及起來，《紐約時報》Fixes 專欄也擁有越來越多寫手，而牽涉的地區與題材亦日趨廣泛，例如：

(一) 創傷後遺症患者之庇蔭

創傷後遺症患者往往會變成長期吸毒者，但只專注戒毒卻並非答案。美國三藩市政府便透過一站式服務，協助曾受暴力、性侵犯或種族仇恨傷害的創傷後遺症患者，工作包括：如何令受害者在報案時不會因為覆述記憶而出現激烈情緒反應、協助申請相關援助、提供專業輔導，或協助事主搬到另一個地區重新生活，避免他們因逃避情緒困擾而吸毒。

(二) 肯尼亞以手機取代提款機

直接資助原來並非協助非洲國家肯尼亞農民脫貧最有效的答案。隨著當地經濟逐步發展，農民原來可以透過電話理財服務來脫貧。在電話理財服務出現之前，以現金交易既引人犯罪，也間接不鼓勵儲蓄。但電話理財除了提供便利的交易服務，也讓農民所賺回來的錢交由家中女性管理。研究發現，這種做法能避免男性賭博或胡亂花費，從而改善農民整體生活。故當地的電話理財服務不單以商業營運，也有接受海外援助，用以發展一些專門協助貧困農民的手機應用程式。

(三) 如何令印度的道路更安全

印度是 2015 年及 2016 年世界上交通意外最多的國家，每年有超過 50 萬宗交通意外，當中導致約 15 萬人死亡。不過，要減低交通意外的死亡率，除了加重對不小心駕駛司機的懲罰之外，立例保障協助交通意外傷者的好心人，原來更有

用。研究發現，許多印度人在目擊交通意外後都不願意停下來協助傷者，遑論向警方提供線索。因為，很多幫手救援的人往往被警方懷疑查問，甚至起訴。印度法院決定向政府各部門提出指引，保障協助交通意外傷者的人得到適當的尊重。又由於印度的救護車嚴重不足，現在所有警務人員也需要學習急救方法，以救人為先。

Fixes 專欄能以每星期連續報導的方式出版，證明關於社會創新的題材來源不絕，而且「解困式新聞」故事可來自世界各地。只要傳媒願意投放更多資源在「解困式新聞」報導上，或者有一天，我們可以繼科技版、環保版、創投版 (Startup beat)，以至跨性別版 (LGBT beat) 之後，看到「解困版」在報章及不同新聞平台出現。

《選擇》月刊
—— 香港解困式傳媒始祖

「解困新聞學」雖然算是較近期由西方傳來的一個新詞彙，但香港人該不會對「以比較方式引導讀者找答案」這種報導手法感到陌生，因為自 1976 年 11 月創刊至今的《選擇》月刊，

正是本港唯一一本以測試與日常生活有關的產品或服務為主題的雜誌。該月刊內容以香港消費者委員會（消委會）進行的產品試驗、服務調查與研究報告為主，旨在向香港消費者提供公正及客觀的消費資料。

出版《選擇》月刊的消委會屬於法定組織，其對「消費者」之定義為：「購買貨品和服務，及購入、抵押和承租不動產的人士」，宗旨則是保障消費者的權益以及加強消費者的自保能力，向市民提供產品及服務資訊，並推行消費者教育活動，讓消費者認識應有的權利和義務。因此，該月刊並不接受商業廣告，以保持其中立形象，秉承這種精神，月刊每期的封面主角也沒有收取拍攝費用，以義工性質服務社會。

隨着消費者的行為變化，《選擇》月刊向消費者提供的產品測試及比較報告亦包羅萬有，涵蓋電子、影音、電器、健康、美容、食物、家居用品、旅遊、消閒、兒童用品及個人理財等，迎合不同消費需要。值得留意的是，特別暢銷之《選擇》期數，往往跟一些對普羅大眾而言較敏感的產品有關，例如安全套和隆胸。事實上，在「消費者委員會四十週年大事誌」的專設網頁內，除《選擇》創刊號封面外，就只有展示這兩項產品為題的那兩期封面，當中以「避孕套保險程度受考驗」為封面的 1988 年 8 月號，乃《選擇》月刊史上最暢銷的一期，共賣出 73,000 本，可見當時相對保守的社會，市民對

「敏感」產品的表現還是信任官方傳媒,與今日主要參考網站和社交網絡之民間評分大為不同。隨着社會轉變,《選擇》近年力銷網上版,繼續透過不同平台發放信息。

關於內容和寫作手法,消委會測試產品樣本時,會由指定購物員以消費者身份在市面購買,並根據實驗室測試結果作出分析評論及撰寫報告,有需要時會加入試用者的意見和專業人士的評論,以協助消費者揀選合適產品。此舉基本上完全符合上一章提到的「解困新聞學」三大原則:

第一,先定義清楚問題(界定要測試的產品範疇);
第二,盡可能列出所有答案(找來消費者在市場上可買得到的所有產品);
第三,比較不同答案的優劣(以科學方式測試不同產品)。

消委會為了推廣這種「解困式」思考和報導手法,先於 1999 年聯同教育局合辦「消費文化考察報告獎」,是本港以中學生為對象的最大型專題研習活動。參加的學生自訂一個跟香港消費文化相關的題目,探討消費者的態度和價值觀,再考察他們的行為以撰寫報告。每年消委會也會舉辦各類型培訓,如工作坊及諮詢面談會,讓學生思考不同類型的消費問題,並學習消費文化考察的概念和方法。截至 2017 年,該活動已收集約 13,000 份考察報告,當中全部是由年輕人以實地考

察所得的第一手資料，打造了一個豐富的消費文化研究和消費者教育的參考資料庫。

此外，消委會於 2001 年推出「消費權益新聞報導獎」，除了主流傳媒的報導外，由 2017 年開始也把網絡新聞故事及分析納入評選範圍，讓內容和傳媒類型更多元化。另一方面，消委會在每年的農曆新年亦會舉辦「十大消費新聞選舉」，提升受眾對消費新聞的關注，例如，2017 年的十大消費新聞有：

第一位：牛頭角迷你倉 4 級火 揭工廈商戶多違規經營

第二位：三星 Note 7 電池頻爆 用戶要求退款或換貨

第三位：加州健身涉不良營銷 遭消委會嚴厲譴責 其後更全線結業

第四位：大閘蟹驗出二噁英含量超標

第五位：納米單位新盤接踵登場 天價「奇則」劏房湧現

第六位：內地四十隻哮喘豬流港 政府把關程序出錯

第七位：團購網 BEECRAZY 結業 團購券失效

第八位：美容中心涉治癌騙局 兩病人在治療期間死亡

第九位：港婦女返內地注射肉毒桿菌針懷疑中毒 送院求醫兩月內十宗

第十位：強積金修例通過核心基金 多間積金管理公司其後紛減管理費

雖然消委會並非傳媒或推廣新聞學的機構，不過其出版的雜誌及跟傳媒相關的活動，均強調市民需要經過比較後作出理性分析，防止消費者被一時的情緒衝動所影響，這種思考模式跟「解困新聞學」背後的精神，可謂不謀而合，若果從理論層面分析，傳媒學中的「受眾」，不正正就是「新聞消費者」嗎？

投資銀行報告
── 富人也需要解困

由環球投資銀行撰寫的投資報告，俗稱「大行報告」。主要指由五大投資銀行，即高盛（Goldman Sachs）、摩根士丹利（Morgan Stanley）、瑞銀（Credit Suisse）、摩根大通（JPMorgan Chase）及花旗（Citibank）每天通過研究部門分析外圍形勢來撰寫，定時發給公眾或私人客戶的投資建議，但也可包括「五大」以外的其他國際性投資銀行。

以「解困新聞學」的三大原則來看，這類報告也符合要求，第一，投資的目標在於賺錢，故「問題」定義清晰；第二，分析員一定會把同類型的股票作比較；第三，由於這類報告多

數會把「答案」，即該股票當「追（buy）／揸（hold）／沽（sell）」的建議放在首頁頂部位置，因此也可算是一種以解困為本的新聞分析。

大行報告除了會針對指定股票或金融產品，也會就行業和政策作出分析，如企業收購或合併、某地政策出台、新訂立的條例規訂等。這類報告的其中一個特色，是會嘗試推演相關持份者的後續部署，從而預測市場發展的各種可能性，再以此為基礎，向讀者提供相關注資或避險建議，有時亦會給予個別股票的目標價或止蝕位作參考。

當然，亦有人質疑大行藉報告吸引市場上的散戶追逐，視報告內的投資建議為必勝貼士，引投資者跟風入市，造就自我實現（self-fulfilling）的情況，以達至造市或沽空某隻股票及投資產品的目的。而這個問題又會引申報告寫手或財經分析員背後的獎勵機制，以至不同信貸評級機構（主要是「標準普爾」與「穆迪」）的誠信問題。

畢竟，相信在投資銀行工作的人多數都以賺錢為目標，工作性質跟傳媒有本質上的分別。然而，有關這類大行報告有沒有打算干預市場的質疑，正好提醒推動「解困新聞學」的人，即使經比較後得出「最佳答案」，但傳媒始終沒有責任推銷任何答案，更不應該企圖製造輿論來達到私人目的，包括證明

自己有影響力。相反，傳媒應當相信受眾在比較後，會以理性接受最合適的答案。

馬經 —— 可能是最草根的解困傳媒

英國人早於 1841 年便已將賽馬運動帶來香港，然後 1842 年滿清政府正式簽署《南京條約》，確立把當時的香港島割讓予英國作殖民管治。接著跑馬地馬場於 1845 年落成，到 1846 年 12 月第一次有記錄的賽馬在跑馬地馬場舉行。不過，早期賽馬活動並不頻繁，直至 1884 年香港賽馬會成立，1891 年開始接受投注後，賽馬活動才逐漸成為市民生活的一部分。於是，「馬報」應運而生。

然而，最早期的馬經並不是以報紙形式，而是書本形式發行的，也就是「馬書」。但因為廣東話中「書」與「輸」為同音字，賭徒忌諱「輸錢」，所以便把「馬書」改叫「馬經」或者「馬報」。

現時，香港馬經的主要功能是提供賽馬消息，包括馬匹狀態、賽事場次排位、賽前晨操、試閘，騎師馬匹資料（如往績、綵衣款式等）、一般讀者最關注的賠率，及一些馬評人

提供的貼士等，而賽後會有賽事結果、派彩和賽後檢討等。有些馬經會隨主要中文報紙附送，作為報紙的一部分。也有些馬經是獨立出版，迎合一些只需要賽馬消息的讀者需要。

一如以上談到的大行報告，馬經本身的寫作模式也符合「解困新聞學」的三大原則：第一，問題定義清晰：贏馬——不過，卻有多種可以中獎的方式，除了獨贏（win）之外，尚有連贏（quinella，即首兩名）、位置（place）、三T（triple trio）、騎師王等；第二，盡可能列出所有可能性——馬經除了分析馬匹往績，還有加磅、裝備（如眼罩），以至草地狀況、天氣等；第三，經比較下提供答案——馬評人最終總要提供落注貼士。而且，一如上述提到，對於在投資銀行撰寫報告者有質疑一樣，馬評人也同樣常會被馬迷質疑，是否因為本身有落注某匹馬或某位騎師，而令其建議有所偏差。

賽馬終究屬於博彩活動，無論怎樣詳細分析也好，仍然有永遠不可確定的幸運成份（luck factor）。不過對大部分人而言，不論其教育水平，以至曾否投注賽馬也好，應該總會知道馬經的功能。因此，下次要對普羅大眾或新聞學毫無興趣的人嘗試了解甚麼叫「解困新聞學」的時候，不妨試試把馬經說成是「最草根兼最原始」的「解困式新聞」報導。

言論自由行
—— 推動跨傳媒解困平台

2011 年，大衛・柏恩斯丁接受「社企民間高峰會」邀請首次訪問香港。當時，香港的社會企業尚在起步階段，而商業電台晨早節目主持人黃永 (本書筆者之一) 認為，社會創新將為本港帶來重大轉變，成為最早支援社會企業的本地電子傳媒。

聽罷柏恩斯丁介紹「解困新聞學」之後，黃永深信「解困新聞學」將是本港傳媒的關鍵出路，遂於 2012 年離開商業電台的主持及管理層崗位，全職加入社企民間高峰會，出任總幹事。籌備一年之後，本港首間以社會企業模式營運的傳媒平台：《言論自由行》正式於 2013 年 4 月誕生。

《言論自由行》節目的主要目標是在亞洲地區推廣「解困新聞學」，強調報導必須堅拒預設立場，希望以持平公正的態度廣言納聽，服務社會以回應時局，尋找各種問題的解決方法。而「言論自由行」這個名稱的意思，是希望受眾的言論和觀點不用在社交網絡上「跟團」，人云亦云，而是透過提供討論空間，讓任何人的意見也可以「自由行」，在沒有時間、地域、階層、黨派的限制下，只要喜歡某個觀點，不論意見來自橫街還是大道，也可盡情討論，透過不同角度一同找答案。

《言論自由行》起初推廣「解困式新聞」的主要手法，是透過改裝一輛五噸半貨車成為「流動電視直播室」，再結合 4G LTE 技術，來回全港 18 區直接與社區接觸，主動出擊徵詢市民意見，並將互動討論所得的答案，以視像方式廣告天下，從而星期一至五也可「落區」辦論壇，彌補過去《城市論壇》節目只能一週舉行一次之不足。開業一年後，商業電台邀請黃永與網絡紅人「健吾」合作，開設全新黃昏節目《人民大道中》，於 2014 年 4 月首播。

作為香港主流傳媒第一個「解困式」時評節目，《人民大道中》以三大原則推廣「解困新聞學」：

第一，提供早晨節目以外的「知性內容」。因為對時事有興趣的聽眾，由打開報紙的一刻，就不斷被告知問題出現在哪裏，由早上聽各種批評直到傍晚，會期望事情有所推進和演變。於是《人民大道中》希望在批評以外，提供各種尋找答案的方向。而「解困新聞學」的方程式，就是透過不斷報導答案，並同時以批判手法比較答案，找出較佳又可行的出路。

第二，分析新聞的過程着重「情景推演」（scenario building）。要避免透過收風來製作「陰謀論新聞」其實不難，只要在讀新聞時，盡量預算所有可能出現的情況，然後比較哪個可能

性最高，便能夠找出相對最好的答案。

第三，強調觀點必須「雙線行車」。香港的新聞傾向立場主導，但「解困式新聞」要求把相對的立場都列出來，各自推演，再看由不同立場推演有沒有矛盾的地方。只有透過分析對方的立場，才有可能找出相對最佳的答案。此舉希望受眾除了會產生情緒反應，也可思考那一則新聞可以有甚麼答案，以及自己是否能對當中的問題作出行動。「解困式新聞」的目標，正是希望新聞能成為每個人思考創新的媒介，只要每個人看完新聞也會去找答案，整個社會就必然會創新。

2016 年 4 月，Facebook Live 推出視像直播，《言論自由行》決定全面轉型，繼打造解困式網絡電視台後，再打算把「解困新聞學」進一步融合主流傳媒。汲取兩年來在商業電台推動「解困式時事評論」的成功經驗，黃永於 2016 年初把「解困新聞學」引入全港最大的傳媒平台 —— 電視廣播有限公司（即「無綫電視」或 TVB），開設香港首個「解困論壇」節目《J5龍門陣》。半年後的 9 月初，TVB 更把節目由 J5 台轉到其主要頻道「翡翠台」，改名為《周日龍門陣》。

繼網絡、電台、電視之後，《言論自由行》的未來目標是累積過去的經驗，由製作新聞轉向教學（例如把世界各地推廣「解

困式新聞」故事的撰寫模式，歸納成為三個基本原則），鼓勵擁有社會創新思維的新生代傳媒人，組成「解困新聞學」聯盟，共同開發相關教材及課程，長遠以成立一所「解困新聞學院」為目標。

大銀力量
—— 發展自助解困社區

繼《言論自由行》之後，香港獨立記者陳曉蕾於 2017 年也加入「解困新聞學」之行列，啟動名為「大銀力量」的社創項目。該項目的重心是網絡平台「大銀網」再加上月刊《大人》。她強調項目不只是一份新雜誌，而是一個社區計劃，該計劃參考「解困新聞學」模式，推動對特定長者議題（如自主死亡、吞嚥困難）之持續關注。

《大人》雜誌的銷售模式，則參考英國社會企業發行的街頭報 *The Big Issue* 的做法。世界上不少推動社會創新的地方均發售此雜誌，雜誌由專業新聞工作者製作，由露宿者在街頭發售，讓他們賺取收入；在銷售過程當中，露宿者因為不用乞求，並要推銷雜誌而因此增加自信和尊嚴。至於《大人》雜

誌的訂戶則會收到由地區「大銀隊」交送的刊物，令訂戶猶如加入了一個互相關心的社區網絡，並會定期舉辦讀書會之類的活動。這種「解困新聞學」路線是把第二章提到的一種帶有倡議性質的公民新聞學，融合到「解困新聞學」中，先組織受眾探討社區所關心的問題，再由訂戶研究處理方法。

本章嘗試指出「解困新聞學」能以多種形態出現，而仍可符合上一章提到的「解困三大基本原則」。然而，為免產生誤解，在詳細說明各種技術議題（第五至第七章會探討如何界定議題，以及怎樣陳列答案、分析答案）之前，先用下一章的篇幅，看清楚甚麼「不算是解困新聞」。

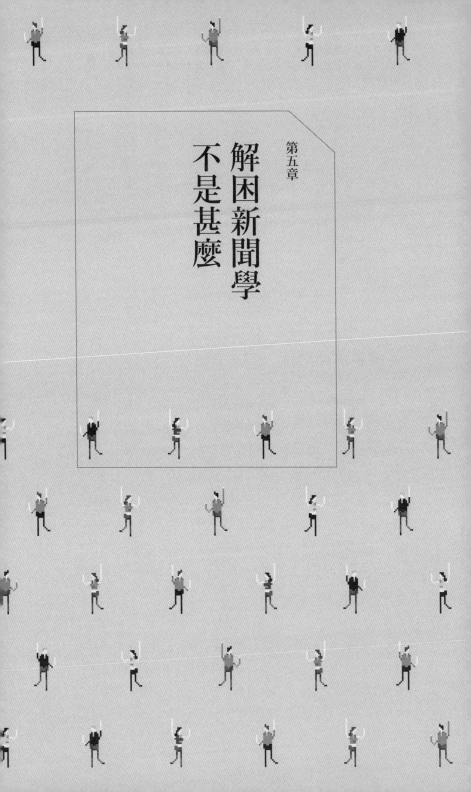

第五章

解困新聞學
不是甚麼

有時為了引發戲劇性效果，傳媒會把個人榮耀誇大，又會把新聞故事的主角描繪為其他人應該效法的榜樣，甚至希望世上能多一些這種英雄拯救地球。

要進一步了解甚麼是「解困新聞學」，我們可把視點轉 180 度，看看在芸芸眾多正面報導中，哪些不能稱為「解困式新聞」，然後再在下一章探討怎樣應用先前提到的原則，建構真正可協助社會創新的解困故事。

英雄事跡非解困

不少人都愛仰望英雄，於是有時為了引發戲劇性效果，傳媒會把個人榮耀誇大，又會把新聞故事的主角描繪為其他人應該效法的榜樣，甚至希望世上能多一些這種英雄拯救地球。不過，如果這些故事只講述其個人成長故事、事業上經歷之起跌、性格方面的優缺點，而沒把這些人的成功之道，轉化為有系統且經得起時間考驗（最少三至四年）的答案，並比較其他答案為甚麼比不上那種做法，那就絕不可能是「解困式新聞」，而可能僅是一篇表揚形式之個人專訪 —— 肯定勵志，卻不見得提供答案。

小心！隨着 2008 年的全球金融海嘯之後，世界各地許多傳媒都傾向讚賞一些願意放棄高薪、繼而希望改變社會的人。有些傳媒更會把這些人每年放棄了賺多少錢作賣點，或者形

容好像願意放棄的錢越多，那個人做的事便越有意義、越大機會成功。與此類近而必須留心的報導模式，是任何放棄跟政府合作（如辭退委任或放棄現有合約）的人，也有機會被形容為「夠膽對抗強權」的英雄。

傳媒既要透過這些故事塑造英雄，那傳媒也有需要詳細考證這些人放棄原有工作或公職的真正因由，不論其所說的表面原因為何。況且一個人願意毅然放棄現有的收入或職位，最多只能說明那人對自己的新嘗試抱有相當大的信心，卻跟這件事的成功率不存在必然關係。是故，最重要是作較長時間的觀察，然後才作結論。

好人好事非解困

見義勇為、捨己為人、路見不平而出手相助，總是傳媒喜歡報導的新聞，可是跟以上「自傳式」專訪不同，好人好事不一定會詳細描述個人的成長故事，而多數只會專注於其感性方面之心路歷程。當中一種常見的好人好事新聞，是關於器官捐贈者的故事。自願捐贈器官的人當然值得尊敬，而把器官捐給陌生人更令社會引起一陣騷動，不過從解決問題的角

度，只報導活體器官捐贈是多麼偉大的善舉卻不是答案，關鍵在於如何提升死後器官捐贈的比率，特別是不同地方適合甚麼制度、政策及法例（參見本章列舉個案）。

小心！好人好事報導最常見的問題，是記者不大願意就「好心做壞事」的情況直斥其非，忽略捐贈背後所牽涉的社會成本，對受惠者及所處地區之影響。

其中一個全球著名例子，是 TOMS 布鞋創立時提出「客戶買一對鞋，公司便在貧困地區捐出一對鞋」之建議。此舉表面上是「善舉」，卻造成兩大問題：首先，富裕地區消費者買鞋的速度，遠高於貧困地區的人需要接受捐贈鞋的速度，結果大量捐出的鞋並無帶來實質扶貧作用；其次，長期有鞋捐贈，令很多貧困地方製作布鞋或草鞋的農民或工人失業，製造新的社會問題。

企業義工非解困

踏入二十一世紀，許多企業開始注重其社會責任（Corporate Social Responsibility，簡稱 CSR），從而在公司內部組織各種

慈善活動及服務社會的項目。當中最普遍是企業義工隊，亦有舉行「企業義工日」，而公司企業傳訊部門則負責邀請新聞界報導這些義工活動，希望能夠讓人知道他們是「企業公民」（corporate citizen），或最低限度能提升公司對外的形象。

小心！企業舉辦的大型義工項目往往只是一次性，其服務社會的效果難以持久，因此即使我們鼓勵企業多舉辦義工活動，卻同時要意識到這些義工項目未必是完全解決該社會問題的答案，而當視為鼓勵同事和教育商界多了解不同持份者的重要途徑。事實上，許多非牟利機構長期人手不足，偶有幾天有大量義工幫忙也確是好事，當然，真正的「答案」在於如何解決人手分配問題，但那是該非牟利機構的責任，企業義工只能幫一把手。

義工活動為企業員工和受惠對象帶來了一段歡樂時光，但除了活動當日所提供的服務，企業能不能提供長期跟進？公司又是否願意作出相對應的投資？例如提供額外有薪假期？也有跨國企業訂定「策略性 CSR 計劃」，務求以公司實力最強的地方，貢獻社會上有需要的人。

相反，若企業舉行的義工活動純粹為爭取一次傳媒曝光，則未免不尊重有需要的社羣，長遠來說反會傷害企業的聲譽。曾有一個照顧低收入家庭之慈善團體，刻意預留院舍內一面

牆壁，讓不同企業的義工可趁週末來髹油，再接受捐款，據說那面牆壁一年內被髹了六遍，有次甚至油漆未乾，便來了另一班義工重新又髹一遍！

籌募捐款非解困

一些傳媒會詳盡報導提供社會服務的團體如何欠缺資源的慘況，藉此呼籲有心人捐款。故事一般會把相關員工之艱辛經歷娓娓道來，輔以工作環境怎樣惡劣的描述，確實教人感動、賺人熱淚。

小心！資金不足雖然是「困難」的一種，但透過一篇報導呼籲籌款去「解財困」，卻絕不可能是以解困為本的新聞報導。解困是指「內容」方面以分析答案為主軸，而不是用報導作為一種「手段」，以此來為新聞故事的主角解困。

「解困新聞學」的其中一個基本原則，是盡可能列出所有答案，作出比較後才達至結論，整個過程強調理性分析，因此任何以感性手法催淚的故事，均非「解困式新聞」。何況，很多機構經常把眼前問題簡化為「資金不足」，相信只要有錢便

能為社會提供最佳答案，但俗語有云：「錢解決得到的問題，其實不是問題。」事實往往是其他地方出了問題，像效率、營運方式、需求轉變等。

例如，要協助有學習障礙的幼童，與其大灑金錢興建更多特殊學校，不如盡早為幼童提供識別檢查，讓家長知悉幼童哪方面需要協助，再作針對性教育支援，並教導家長在幼童回家後，可以和子女一同進行甚麼鞏固式技術訓練，抓緊學習起步期這段關鍵時間。

又如鼓勵青年創業，許多人認為應該增加這方面的撥款。問題是青年創業的問題未必一定跟資金有關，而更大機會是商界網絡或經驗不足。更有一些人會把參加青年創業比賽的建議書循環再用，參加一次比賽取得一至兩年的營運經費之後，再參加另一比賽來贏取獎金續命，但實際上其經營模式根本不賺錢，只是建議書寫得夠搶眼，好看卻不中用。若傳媒人欠缺相關產業的技術知識，又沒時間作詳細資料搜集，可能誤以為這些建議是真正可行的答案。

倡導議題非解困

所謂「倡議式報導」(Advocacy Journalism)，是透過傳媒來推動某種政治主張。在歐洲方面，支持「倡議式新聞」的人會指控「中立」其實是一種偽善，他們會明顯表態支持左翼激進派或右翼保守派思想，而這類傳媒會各自為工會和貴族發聲。在美國，「倡議式報導」則多數指分別支持民主黨與共和黨的傳媒，但也包括推動女權或種族平權的報章，如早在 1827 年便有由教會及被解放黑奴所創立的《自由週刊》(*Freedom's Journal*)。隨着各類型平權組織相繼冒起，許多這些團體出版的會刊，會因為在全美國發行而被歸類為「倡議式新聞平台」。到了今天，不少傳統傳媒則會把這類所謂「倡議式報導」，全部納入評論版，亦即 opinion editorial (簡稱 op-ed)。

小心！評論文章雖然經常會提供各種政策建議，但是這些「答案」都必須先符合其信奉之政治理念，才值得提出來考量，這樣便達不到「解困新聞學」第二個基本原則的要求──「盡可能列出所有答案」。

香港特區政府作為行政機關，管治結構基本上是由行政主導，而不是政黨主導。因此，本港的「倡議式新聞」並不是以支持一個政黨的政策主張（以至協助其執政）為目標，而

「倡議式新聞」的寫手是以推動本身所支持的立場和政治理念下筆，目標是要說服受眾接受自己的一套主張，多於為受眾解決問題，故此即使「倡議式新聞」會列出其他答案，也不可能是客觀比較，而多數更旨在貶低其他答案以進一步闡明其理念，來打擊對手。

是變成只會爭取單一訴求（如「全民退保」）或為指定社群（如反對或支持同志平權）發聲。另外，由於這些「倡議式新聞」的寫手是以推動本身所支持的立場和政治理念下筆，目標是要說服受眾接受自己的一套主張，多於為受眾解決問題，故此即使「倡議式新聞」會列出其他答案，也不可能是客觀比較，而多數更旨在貶低其他答案以進一步闡明其理念，來打擊對手。其中一句「倡議式新聞」的名言，正是：不要給對手同樣篇幅的報導，但也不可完全不報導對手！

高舉理念非解困

有些新聞報導和分析會在整個故事的最後一段（甚至最後一句），提出一個理念或口號，然後嘗試把結尾那一句視為解決辦法，但實際上只是一個「後加想法」，即英語謂之 afterthought。常見例子是全篇文章 99% 是批評，最後加上「總之」或「說到底」，再補一句：「無形之手終會解決市場失衡」、「有瓦遮頭便人心安穩」、「政策必須避免不患寡而患不均」、「行之有效的傳統不應輕言改變」、「政治就是政治，政策也離不開政治」……諸如此類。

小心！站在道德高地高舉崇高理念，包括維護自由、公平公正、互相尊重，基本上不可能有人強烈反對。但正如哲學家路德維希・維特根斯坦（Ludwig Wittgenstein）提出，不可能被否定的語句，其實本身並無價值，跟沒有說過一樣，亦不能解決任何問題。

說得多華麗也好，不能執行的話，便不屬於「解困新聞學」的範疇。就像「民主是個好東西」，實際上該如何實行普選？怎樣從現有制度過渡？所產生的代表應有甚麼制約？又例如「公用事業（包括電力公司、集體運輸系統）必須照顧廣大市民利益」，是否降低收費便是惠及市民？如果收費下調代表穩定性下降，是否符合市民對服務水平的要求？又若然收費下調會造成更嚴重的污染，還算不算維護了社會整體利益？

即使不鑽進實質數據和真實個案，任何人也應當知道，服務質素要高、要穩定、要減少對環境的各種污染，都必定牽涉額外成本。高喊減價、直斥可恥，同時又要增加服務、提升質素，基本上並非合理的答案。此乃簡單的「又要馬兒好又要馬兒不吃草」的道理。正因如此，「解困新聞學」才會強調「把全部可能的答案列出來」的重要性，因為只有把所有情景並排一起比較，我們始能知道不同答案的優劣，然後方可作出取捨。相反，口號總是說出來好聽，卻不能指導我們應該如何作出取捨，只是鼓動人心的宣傳伎倆。

窩心感動非解困

顧名思義，窩心新聞總是令人感到溫暖，間中還附帶一種淡淡的奇趣感覺（也許是城市人一般都表現得冷漠之故），但往往只是一次偶發性事件。這一類故事通常在晚間新聞結束前的最後一節出現，而且多數於節日時份（如母親節、父親節、中秋節、冬至）用作點綴。又或是一些點擊率極高的短片，如「連鎖快餐店侍應代客餵殘障妻」、「主人為後腿無力小狗度身造輪椅」、「童真老婆婆扮變魔術戲弄丈夫樂也融融」、「暖警牽引視障夫婦繁忙時間過馬路」……總之人間有愛，大家看後即 Like、即廣傳。

小心！窩心新聞主要是想告訴受眾，世上還有很多好人在做各式各樣的可愛事。不過，這些生活瑣事縱使在節日時份令人產生正面情緒反應，卻沒有提供能解決社會各種結構性問題的答案。

以上的提醒並非刻意向窩心新聞潑冷水。理論上，如果能把偶一為之的溫情善行，轉化為有系統的長期服務，再將這套系統跟現存的其他答案作比較，便可符合「解困新聞學」的要求，即把單一窩心事件，變成解決社會問題的具體答案。

例如，2008 年，英國一位叫艾福·葛姆尼（Ivo Gormley）的

如果能把偶一為之的溫情善行，轉化為有系統的長期服務，再將這套系統跟現存的其他答案作比較，便可符合「解困新聞學」的要求。

業餘跑手，在自己居住的社區附近練跑，休息時跟一位獨居長者親切交談後，想到這溫馨一刻其實可以由所有熱衷街跑的人複製，繼而成立了一所名為「好健身」（GoodGym）的機構，安排社區內各練跑者之練習路線，均經過獨居長者的住所又或是安老院，然後讓每位練跑者每天早上探訪一位長者，有時還幫他們買報紙或早餐。這些練跑者反正每天早上也會經過這些長者居住的地點，所以「好健身」基本上是以零成本為獨居長者提供探訪服務，絕對是一個比起現行只由社工負責探訪更有效的答案。「好健身」在五年內已經由倫敦擴展到利物浦和布里斯托爾（Bristol），證明是個可持續發展的模式。

再次強調，以上七種正向新聞故事，絕對有其社會價值，它們或可鼓舞人心、或教人會心微笑、或引發我們的想像力、或警醒社會留意某些不容忽視的事物。不過總括而言，任何個別事件或難以複製的經驗，多數不屬於能夠廣泛應用的答案，因此並不是「解困式新聞」的題材。

以下用一個在香港頗受爭議的捐贈器官議題為本章作結，看看如何按「解困新聞學」的原則，在不同選擇中作出決定。

個案一

2017 年 4 月，病人鄧桂思的長女希望自己未到法定年齡 18 歲也可捐肝，突顯這樁新聞背後的核心問題：本港器官捐贈比率一直位處全球最低水平。但其實香港器官捐贈比率有多低？這方面的國際衡量標準為「每百萬人口中有多少捐贈者」（Donors Per million of Population，簡稱 pmp）。西班牙是全球模範，長期超過 30 pmp 甚或貼近 40 pmp，屬最高水平；美國的 25 pmp 屬第二級，多數西方國家均達 15 pmp 左右，中規中矩；而 8 至 10 pmp 則算差，香港卻低至 5.8 pmp，屬劣級。

器官捐贈政策一般分為「選擇加入」（opt in）和「選擇退出」（opt out）兩套制度，但此分類方式忽略了一個關鍵環節 —— 家人的角色。留意所謂選擇加入制，基本上是香港現行的自願登記制；而選擇退出制則是西班牙、比利時、克羅地亞等這些高 pmp 國家所採用的默許制，則除非國民表明不捐，否則公營醫療系統會在病人死後，按情況自動摘取有用器官幫助其他病人。

不難想像，opt out 由於有強制色彩，港人一般難以接受。然而，許多人卻忽略了此制度仍然容許死者家人反對。「家人介入」是器官捐贈政策當中一個關鍵而時常欠缺深入探討的課題。反過

來看，採用 opt in 的香港在器官捐贈的表現之所以極差，很大原因跟家人不清楚或不遵循死者意願有關。曾有一例是死者爸爸拒絕捐出女兒器官，但一段時間後他卻在女兒遺物中，發現她的器官捐贈卡，及後懊惱不已，認為未有完成女兒遺願。

若把「家人介入」這個元素加進「選擇加入／退出」制度，實際上有四種而非兩種器官捐贈制度可供選擇，即：

1. 選擇加入但家人有權反對：也就是香港現行的自願登記制；
2. 選擇加入但家人無權反對：即個人生前意願凌駕家人決定；
3. 選擇退出但家人有權反對：預設默許但家人可作最後決定；
4. 選擇退出但家人無權反對：政府主導捐贈但容許個人反對。

港人在以上四種制度中應如何作出選擇？若以現行制度確實不足為起點，即必須有進步為前設，則（1）可以不用考慮。（2）至（4）當中，（4）是相對獨裁的方法，估計港人不會接受。事實上，即使在新加坡這個常被揶揄較多「順民」的國家，也有醫生試圖強行不理家人意願摘取死者器官作移植用途，最後引發民情即時反彈，令新加坡的器官捐贈 pmp 水平一度較香港還要低。

剩下來，就只有在（2）：選擇加入但家人無權反對，以及（3）：選擇退出但家人有權反對這兩個選項之間作出抉擇。表面上，

方案（2）是在現行機制上作出修訂，看來較易，而從實證角度出發，南韓 2007 年時鑒於其器官捐贈只有 2 到 3 pmp 的超低水平，遂於 2009 年修訂法例，改變其選擇加入制度，令登記者死後即使家人反對也無效，結果 5 年後其器官捐贈 pmp 急升至近 10 的水平，這個案例似乎對香港也具參考價值。

但南韓行得通的這一套，在香港恐怕寸步難行，因為方案（2）始終奪去了家人的決定權，港人對任何令自己權利縮減的建議，想必極難接受。相反，方案（3）雖有「預設默許」這個敏感元素，但從個人層面來看，此法仍保留了每名港人「有權退出」之選項，而家人最終可反對的權利並沒有改變，因此「選擇退出但家人有權反對」乃是一種同時保障「個人」和「家人」兩層權益的方案，實較可取。話雖如此，一旦預設所有市民會捐出器官，到時必引發社會反彈，但如想救活更多人，改變現制是唯一出路。

第三部

解困新聞學
的應用

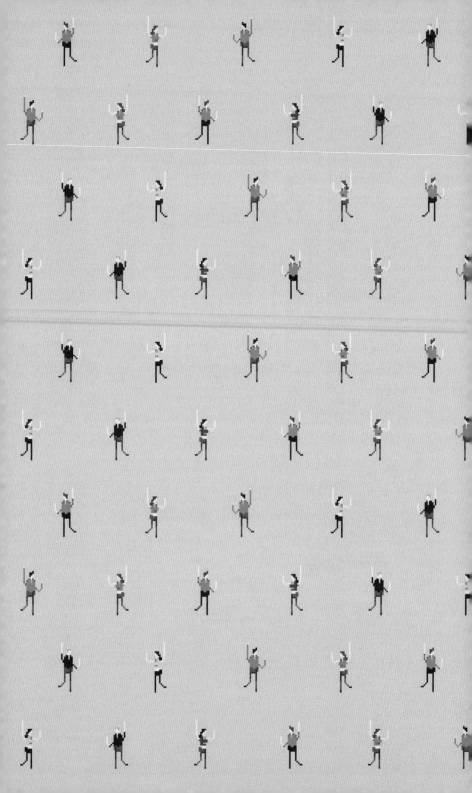

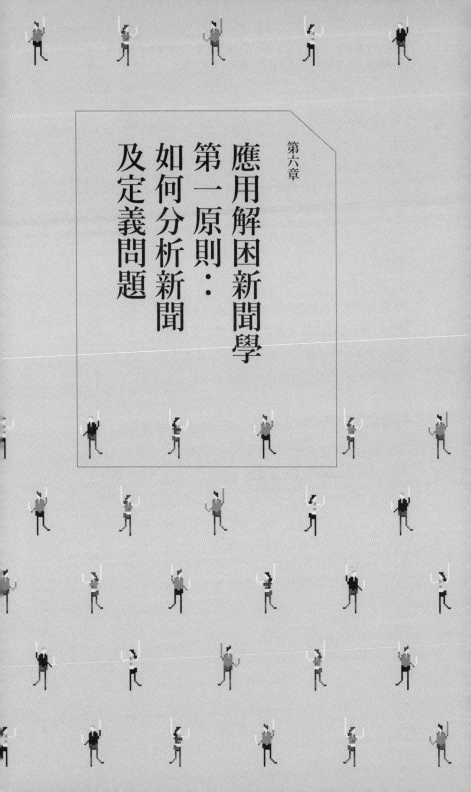

第六章

應用解困新聞學
第一原則：
如何分析新聞
及定義問題

社會普遍認同「傳媒」是行政、立法、司法以外的所謂「第四
權」，有責任監察政府機關和揭露社會不公。「解困新聞學」
提倡在這基礎上進一步回應時局，認為傳媒應該致力尋找各
種問題的解答方法，務求令每個新聞故事，也有機會達到完
整的結局。

從意義上看，假如說突發新聞是「走在新聞故事的最前線」，
那麼「解困式新聞」便算是「走在新聞故事的最後面」，其目
的除了讓受眾知悉問題最終如何得到解答之外，也要製造問
題者不能輕易因為主流傳媒不再跟進問題，便可以不了了知。

就實際情況而言，今天的香港之所以需要「解困新聞學」，一
則由於本地傳媒多數只顧發掘問題，卻鮮有作出跟進，結果
留下無數亟待關注的社會議題未解決；二則更為嚴峻的是，
不少媒體長期受「誅心論」與「陰謀論」兩大思考謬誤困擾，
在以「假答案來回應假問題」的死胡同裏打轉，使「第四權」
力量因而被削弱，窒礙社會整體進步。

誅心論與陰謀論對新聞的危害

所謂誅心論，簡言之便是質疑對方的行為別有動機，從而論證其主張不合理。可是，一開始就質疑立論者的人格及用心，便進入了「人身攻擊」的範圍，變成不可能繼續客觀討論。其中一種誅心論慣用以指控別人的手法，就是批評對方：「一定是收了錢，所以才會這樣說！」這類「攻擊」最明顯的問題，在於指控一方基本上完全沒就論者的內容，提供任何駁斥論點，遑論所謂「收了錢」之說法，有否真憑實據。

從「解困新聞學」角度分析，一個答案的好壞，不應受論者的身份和立場影響，客觀比較才是出路。如 2017 年 4 月，美國聯合航空爆出醜聞，美籍越南裔乘客陶成德（David Dao）因拒絕讓座予臨時登機的航空公司職員，遭芝加哥機場保安人員以暴力拖出機艙，事件後來引發各界對航空公司超賣制度的爭議。但與其花時間討論支持某程度超賣的人士，到底「是否與航空公司有利益輾轇？」，真正需要定義清楚的問題，應當是：「因應目前營商環境，各種改革航空公司超賣制度的辦法哪個最有效？」

因此，宏觀問題可包括：可否增加民航機經營牌照去打破聯合航空的優勢？還是興建高鐵以減低對內陸機的需求？以至微觀問題如：怎樣修訂乘客拒絕下機的指引？抑或就航空公

司要求保安人員介入前，首先要疏散全機乘客？由此例子可見，只要清楚定義一個問題，討論便會變得清晰。

誅心論的另一種指控手法，是將論者標籤為某君「粉絲」（即英語 fans 的中文音譯，意思是支持者或追隨者），因此才會支持某君的想法。例如 2012 年開始，一些贊同特首梁振英建議的人，往往會被標籤為「梁粉」，然後以此來推翻支持政府政策的所有論據之合理性。跟上述道理相同，這一類言論由於沒有就議論的「內容」提出反駁，故只是對人不對事，屬於因人廢言的明顯例子。

與之類近的一種手段，是在公眾場合大叫辯論對手為「共產黨員」，目的是挑起某種恐懼或仇恨情緒。其起源來自二十世紀初的「麥卡錫主義」（McCarthyism），亦即在 1940 至 1950 年代美國參議員約瑟・麥卡錫（Joseph McCarthy）在沒在足夠證據下，指控別人顛覆或叛國的手段，引發大規模的所謂「紅色恐怖」（Red Scare）。

即使在二十一世紀的香港，每次討論如何推動國民教育的時候，總會聽到有人把支持國民教育列為必修科者，統一棒打為「你肯定是共產黨，才會支持此政策！」固然，兩者根本沒有直接關聯。更不幸的是，論者有時會被「共產黨員」這個標籤分散注意力，將原先該討論的重點拋諸腦後，只顧與對

手爭辯旁枝，甚至要為身份自辯，模糊了問題焦點，這對尋求答案無疑百害而無一利。

至於陰謀論，這個詞語在現代社會的含意主要來自「陰謀論者」(Conspiracy Theorist) 這個美國中央情報局 (CIA) 的常用語。CIA 於 1967 年開始，在官方文件以這個詞語形容「任何強烈挑戰官方說法人士」。後來 conspiracy 一詞泛指所有非主流受眾相信有集團背後操控事態發展，而真相卻受到掩藏的事件，已跟十四世紀時之拉丁文字源：「同呼吸」(conspirare) 的本意大相逕庭。

上世紀最著名的陰謀論例子，莫過於阿波羅登月計劃被指乃美國政府一手捏造的事件。理據包括太空沒有空氣，但太空人在月球表面插上美國國旗時，旗幟何以會被風吹動。官方解釋是旗幟一早已經插入鐵線來刻意製造飄晃的視覺效果。可是一旦說到「視覺效果」，不相信官方說法的人便聲稱：「美國太空總署在攝影棚內偽造登月假象，旨在國際輿論層面贏得與蘇聯在太空競賽上的較勁」。也有陰謀論者指，人身自由、潮流文化、商業週期、政局戰事，全部均受 CIA 操控，以達至建立新世界秩序之目的。

2017 年 1 月，美國總統特朗普上場，令陰謀論再度廣受全球關注。英國劍橋大學龍司萬教授 (Professor David Runciman)

因應世局變化，領導十人小組就「陰謀論與民主發展」作專題研究，名為 Conspiracy and Democracy Project，課題包括兩者如何互相影響，陰謀論對選舉結果產生甚麼程度的弊病等。眾所周知，特朗普參與美國總統選舉期間，由初選到大選均一直在論壇上連番以陰謀論指控對手，像聲稱其共和黨的主要對手特德‧克魯茲（Ted Cruz）之父有份參與暗殺甘迺迪總統；後來又說伊拉克進軍摩蘇爾是幫希拉里助選造勢，並指控希拉里派人到特朗普的造勢大會製造暴力場面等。即使對手不斷澄清指控荒謬，但特朗普最終仍登上美國總統寶座。

在「解困新聞學」的角度，陰謀論者只願意承認心目中唯一的故事，除此以外拒絕相信一切可能，這會危及尋找答案的機會。在香港的典型例子是每遇颱風季節，肯定會傳出有貨櫃碼頭消息，指天文台會在某時某刻懸掛八號風球，而掛八號波的時機又受「李氏力場」牽引，以不影響本港商業運作以及股票收市為前提，但這類推測均缺乏科學佐證，並不存在統計學上的關連。

此外，陰謀論者亦喜用「引述可靠消息來源」或「接近高層人士指」等字眼，甚至簡單說句：「我收到風」，來增加新聞可信度。其實以紙媒為主的年代，主編有責任確認前線記者的消息來源，並代為承擔法律後果。但步入網絡時代，新聞講

求「即食」，編輯求證時間不足，新聞稍縱即逝，而且愈來愈少讀者追求消息準確性，導致陰謀論跟誅心論經常可「有機」結合。

例如，過去總有些人質疑中央政府對給予香港普選的「誠意」，又稱一旦接受了 2015 年的政改方案，普選模式今後便永不改變，説「袋住先就袋一世」云云。這些正是結合了誅心論和陰謀論的説法。「中央的誠意如何」絕對是誅心論之説而不能客觀證實；至於普選特首的方式今後必定不會改變，更是憑空猜度，而即使中央官員也不能作預測。可惜就因為這種論調，令部分議員以至其他持份者斷定政府提出的普選方案不可取，甚至放棄參與公眾諮詢，對怎樣實行普選完全不提意見，最終斷送 2017 年普選特首的黃金機會。

「解困新聞學」要求純粹用已確認的客觀資料，順着邏輯來分析答案，以免墮入陰謀論和誅心論的陷阱。就以上述 2015 年政改的例子為例，若從人大 8‧31 框架出發，在諮詢文件的其中一個選項是：「提名委員可以不記名提名 2 至 3 位參選人」，並容許「以暗票提名多人」，其實已經令可入閘者之空間變得很大，而並非反對政改方案一方口中經常強調的所謂「不合理篩選」。可惜，立法會根本沒有花時間定義問題，討論真正可行的不同選項，反而流於爭拗一些根本無法證明是否存在的陰謀，最終只散播了失望與恐懼。

先定義清楚一個問題就好： 由「5W1H」到「1H5W」

傳統新聞圍繞「六何法」，即 5W1H 分析法組成，亦即 What（何事）、Who（何人）、When（何時）、Where（何地）、Why（為何）及 How（如何）。可是在後真相年代，新聞卻只側重「2W」──Who（何人）和 Why（為何）。只要是名人，私事也可以是頭版新聞（較常見是秘密戀情和分手），並經常用誅心論猜度當事人另有動機。八卦新聞雖受歡迎，卻礙窒市民了解更重要的社會信息。

「解困新聞學」的第一個原則是「先定義清楚一個問題」，如果套用在「六何法」的思考框架，最需要定義清楚的核心問題應由 How 開始，先問事情要「如何做」或「怎樣做」，希望達到甚麼結果，然後才關心考量與結果相關的問題。

例如，世界各地總有政客批評新移民影響治安和經濟，又質疑政治領袖若屬某一族裔，便會優待相同族裔的居民。然而，與其猜度政治人物的「心」（Why），當先討論能如何（How）協助不同族裔和平共處，看看各方的具體訴求是甚麼（What）、針對哪些對象（Who）、在哪裏提供服務（Where），以及執行的時間表（When）。

解困新聞學稱這種思考方式為「1H5W」分析法，這意味着每遇到議題，都應該「以 How 為先」，理性推敲事情有否終極解決方法，再決定支持或反對，以免受情緒影響作出錯誤抉擇。

再以在香港郊野公園邊陲建屋的爭拗作例子。根據漁農自然護理處的資料，香港於 2017 年有 24 個郊野公園和 22 個特別地區，總共佔地 443 平方公里，達本港土地總面積大概四成。2017 年《施政報告》提出「應該思考利用郊野公園內少量生態價值不高、公眾享用價值較低、位於邊陲地帶的土地用作公營房屋、非牟利的老人院等非地產用途」之後，同年 5 月特區政府便邀請香港房屋協會 (房協)，研究在郊野公園邊陲興建公營房屋的可行性，研究選址大欖和馬鞍山郊野公園附近合共約 40 公頃土地，涉資逾千萬元，全數由房協承擔。建議隨即引起輿論反彈，不少議員質疑特區政府利用房協來繞過立法會，而環保團體亦不滿研究是「有前設地」發展郊野公園，令社會各界反對聲音紛至沓來。

早在 2013 年，香港已經出現開拓郊野公園用地的爭議。時任發展局局長陳茂波在《局長隨筆》網誌，以「凝聚共識，覓地建屋」為題，呼籲政府和社會齊心增加土地供應，探討郊野公園興建房屋的可能性。可是，當時有人形容在郊野公園興建住屋這種想法是「思想的癌細胞」，謂一旦讓步，將來只

會有更多郊野公園土地被入侵，故認為「想都不能想」。

不少反對在郊野公園邊陲建屋的聲音，源於「以 What 為先」分析事件——一聽到是「發展郊野公園」，便認定那是「思想的癌細胞」而沒有思考其他相關問題（固然，也不排除有人「以 Who 為先」，即一聽到建議是來自梁振英政府，便立即要手撆頭）。

至於「以 How 為先」的「解困式新聞」又會怎樣定義這個問題呢？當然並不會不鼓勵思考，而是必須先以理性找出「怎樣」在郊野公園邊陲建屋。若然推敲的結果是根本不可為的話，自然就不是答案，於是便可以從根本推翻建議；不過，假如發展有可為，兼且有利社會整體，又為甚麼要繼續反對？甚至連想想也不可以？

要留意「怎樣發展郊野公園邊陲」這個問題，實際上牽涉三個不同層面的 How，包括：法律、財政、規劃方面。

第一，「法律方面」的 How。郊野公園受 1976 年 8 月生效的《香港法例》第 208 章之《郊野公園條例》保護。該章節就郊野公園及特別地區的指定、管轄和管理，郊野公園及海岸公園委員會的設立，以及與該等事宜相關的目的，都有明文訂定。一旦打算發展郊野公園邊陲，如何修改《郊野公園條例》

的涵蓋範圍，以及新修訂能否通過立法會，還有如何照顧環保團體和市民觀感等，將成為特區政府面前的障礙。

像 2010 年曾蔭權任特首時，政府便嘗試把清水灣郊野公園五公頃土地，改劃作垃圾堆填區，結果立法會不分黨派反對建議，並支持廢除由行政長官修訂郊野公園範圍的指令，引發挑戰行政主導的憲制危機，對管治造成嚴重衝擊。其後政府亦無就立法會「廢令」的決定提出司法覆核，而放棄改劃清水灣郊野公園了事。在此之後，2013 年梁振英政府打算將大浪西灣納入郊野公園範圍，原以為把郊野公園實際規模增大，理應更順利，但這次卻輪到鄉事勢力強烈反對，在立法會經過激烈辯論才獲通過。

第二，在法例容許的基礎之上，便輪到「規劃方面」的How。根據 2017 年的《施政報告》，所考慮發展的郊野公園用地，應是生態價值不高、公眾享用價值較低、位於邊陲地帶。留意這三項全部可以客觀量度，並不如一些陰謀論者所言，官員將來可以動輒「把想發展的地段，隨意定義為生態價值低」。而從城市規劃角度來看，現時生態價值較高的郊野公園用地，主要集中在距離市區較遠的地方，因此並不需要擔心政府會蠶食高生態價值的郊野公園土地。

何況從工程規劃角度來看，興建房屋最低限度要先在地底鋪

設電、水、渠、煤氣、通訊線等基本配套，因此選址通常要交通便利，故接觸生態價值較高土地的機會也自然較輕微。再且，從城規程序的公眾諮詢角度，政府也不會搬石頭來砸自己的腳，即選取生態價值雖然較低，但卻受普羅市民歡迎的郊野公園埋手，否則提案必然會遭到區議會和社區強烈反對。

另一方面，所謂「怎樣發展」這個 How，其實不止需要思考上述的問題：「發展」不一定等於負面的「剷走」（即英語之 bulldoze），也可是正面積極的「保養」（即 maintain）。可是，目前輿論仍然停留在某種過時的概念，認為要「保護」就是要「寸土不碰」，忽略了所謂積極保養的意識，這包括派人定期監察具生態價值的郊野公園地段、抽樣研究不同地段的生物出現甚麼變化，以至簡單如開設新行山徑、涼亭、攝影區、觀星區、燒烤區……諸如此類。可是，過去十年郊野公園在爭取政府資源方面，優次總是排得極低。

第三，由此再帶出「財政方面」的 How。要提升郊野公園的質素，讓市民可更自在地享受香港的青蔥環境，並保護高生態地段，總需要資金。錢不到，政府部門即使有心，也無力，畢竟不論是深入的生態研究，還是簡單的設施規劃，沒有調撥資源，根本大事小事也做不成。故 2017 年的《施政報告》第 117 段也提到「應該增加生態保育及郊野公園土地總面

積，以及提升康樂及教育價值」。

如果只從誅心論出發，市民大眾一般只會想到郊野公園那一大片青蔥即將消失，而任何形式的發展計劃，那怕是極小規模及非牟利，仍會令人聯想到政府摧毀自然生態，而一旦失去了道德高地，要公眾參與討論必定舉步維艱。即使政府把低生態價值的地段，以及因為現時監管人手不足，而致被鄉紳濫用，或是非法傾倒泥頭的黑點，全部列出，最終政府亦只會被狠批保護郊野公園不力，而不能夠令公眾願意探討到底有哪些郊野公園地段可用來發展。

相反，政府應該主動承認，現時保護郊野公園的方式過於被動，一些高生態價值而環境優美的地方，市民根本去不到，設施又不足；而另一些從來無人問津、且不能提升生態價值的地段，確實是空放着浪費。既然如此，政府應該為本港所有郊野公園作一次「全身檢查」，從而確認以下三個有關財政方面的 How 問題，可以如何解答：

(1) 到底有哪些郊野公園地段是毗鄰市區而符合一定程度的工程效益？

如上分析，大部分郊野公園的地段都不適合用來發展，因為要建路、鋪喉、通水電到鄉郊偏遠地區，不單極為困難，而且牽涉高昂的財政費用，遑論要通過詳細交通及環境評估。

而既然所有郊野公園的中央部分，及貼近山脊、懸崖、邊境、堆填區的地段，工程上皆不能用，實際上可考慮用來發展的地點，只能是既位處郊野公園邊陲，並同時貼近已發展城鎮的地區。

(2) 到底有哪些郊野公園地段使用率奇低？

開闢郊野公園之最大矛盾，正是既要毗鄰市區，又要不影響市民。不難想像，越接近市區越方便的郊野公園地段，往往是香港人前往郊野公園的熱點。換言之，所有市民常用的郊野公園設施所在地，就算那裏生態價值相對低，也具備非常高的「康樂價值」及「觀賞價值」。從投放公帑及回報的角度來看，使用率高的郊野公園地段所牽涉的社會成本，未必低於興建資助房屋和安老院。也就是說，政府只可找那些鄰近市區，而同時又被市民冷落的郊野公園地段來發展，務求降低整體社會所付出的代價。

(3) 到底哪些郊野公園地段是無藥可救而不值得投資？

即使是現時生態價值低又同時沒有市民前往的郊野公園地段，不代表在開闢行山徑和加入新設施之後，不能變成另一個郊野公園熱門地點，又或是不代表不可以透過種植新品種，去提升其生態價值。可以說，任何一幅打算拿來作非保育發展用途的郊野公園地段，當不具備其他生態、教育、康樂、觀賞等各方面的潛力，政府才能開始作前期的可行性研

究。否則，坊間輿論必會批評政府沒有好好保護郊野公園，才令這些地段長期被冷落。

不確定能通過以上「財政方面的 How」這三關的郊野公園地段，一共有多少面積，但肯定跟大部分市民腦裏一想到開闢郊野公園便等於「特區後花園全面失守」的想法，相距甚遠。

有關「財政方面的 How」，尚有一個問題要解決。因為在開工之前，特區政府發展郊野公園必須先進行可行性研究。但如前面提及，特區政府這次決定讓房協自資在大欖和馬鞍山郊野公園兩地進行研究，一切已成定局。立法會議員與其繼續在「應否繞過立法會」這個問題上跟政府作無謂糾纏，不如反過來思考「如何」（即 How）令房協的研究工作，維持在自己監察範圍內。譬如，通過立法會動議，要求房協每季度向房屋事務委員會匯報，這才是解決問題之道。

事實上，我們也當質疑，郊野公園成立至今已 40 年，在氣候及環境不斷變化下，難道原先所立的保育界線只可死守，不容檢視？不論贊成也好、反對也罷，透過全面研究去建立一套郊野公園設定資料庫，看看不同地段長遠的發展用途，實在刻不容緩。而「解困式傳媒」在後真相年代的重要責任，就是客觀收集這類新意，並向政府反映各種可能出現的 How：

- 或改善現有行山徑，滿足近年的需求增長；
- 或規劃重建荒廢村落，以同時提升生態及歷史價值；
- 或設立稀有物種專區，強化本港生物多樣性；
- 或設置保育研究營地，帶動和學界的聯繫；
- 或興建綠色長者生活區，提供不同的安老模式；
- 或設置新型零碳可耕作社區，供年輕人居住。

畢竟香港房屋問題逼在眉睫，倘若能執行《施政報告》所提出，利用郊野公園內少量生態價值不高、公眾享用價值較低、位於邊陲地帶的土地，興建公營房屋和長者屋，的確有助解決建屋土地不足的燃眉之急。

以 HOW 為本的政治評論

如上所論，「解困新聞學」最核心的思想，在於一個「How」字，直譯是「如何」，但當中的含義也與中文之「推敲」相近，關鍵在於強調如何達成目標，反對不顧事實（也就是「後真相」）的情緒化無謂爭拗，而當把問題的專注點，放在怎樣執行的層面上。反過來看，若所提出的建議根本不存在具體執行辦法，該建議便不能被視為答案。

不少人認為，今天香港很多事情「過於政治化」，但也有人反駁既然政治是「管理眾人之事」，因此生活自然離不開政治。所謂「政治化」（即 politicized），基本上的做法是引入更多不同類型持份者所關心的意見，從而令某個議題更難達到共識。由於政治評論是「政治化」議題的主要工具，故一般政評往往傾向只拋出問題，卻忽略達成目標的方法，又或所謂的答案根本是空中樓閣，脫離實際。以下四個是近年以情緒主導政治的課題，從解困角度分析，都是未有從 How 出發而不切實際的例子。

例子 (1)：為何要修改《基本法》的建議，都不大可能是真正答案？

每當遇到跟政制相關的議題，社會總會出現一些要求修改《基本法》的聲音。像 2015 年特區政府討論政改方案時，便相繼有政黨和團體提出修改《基本法》第四十五條有關普選行政長官的規定。另外，也有提議可修改《基本法》第九十七條，容許政府直接撥出公帑予區議會，由各區區議員代替政府官員負責規劃及審批 18 區的基建項目。

不過，留意《基本法》的修改機制，載於第八章第一百五十九條：

本法的修改權屬於全國人民代表大會。

本法的修改提案權屬於全國人民代表大會常務委員會、國務院和香港特別行政區。香港特別行政區的修改議案，須經香港特別行政區的全國人民代表大會代表三分之二多數、香港特別行政區立法會全體議員三分之二多數和香港特別行政區行政長官同意後，交由香港特別行政區出席全國人民代表大會的代表團向全國人民代表大會提出。

本法的修改議案在列入全國人民代表大會的議程前，先由香港特別行政區《基本法》委員會研究並提出意見。

本法的任何修改，均不得同中華人民共和國對香港既定的基本方針政策相牴觸。

首先，任何修改《基本法》的提議，由於不得與中央對香港既定基本方針政策相牴觸，是故提議者必須先說明，建議所修改的地方，到底如何符合中央政策。又或是反過來看，最低限度也要提出具體證據，指出《基本法》有哪些現行條文，原來已牴觸了中央對港的基本方針。

再者，從現實政治操作的角度來看，修改《基本法》牽涉多個政治板塊，需要港區人大、立法會、行政長官、基本法委員會同意，始能向全國人民代表大會提案。由於港區人大和立法會均由建制派主導，提出要修改《基本法》的人打算如何令建制派首肯？從推動政制改革的客觀角度而言，若立法會全體議員有三分之二可達成共識，且有特首同意，與其提出修改《基本法》第四十五條，不如直接通過一個各政治板塊也能接受的政改方案，應該更為實際。

何況以上提到的僅是「修改提案」的程序，最終「修改權」仍屬全國人民代表大會所有。換言之，《基本法》修改能否成事，得看全國人大的取態。除非提議者能清楚說明，將如何成功遊說全國人大那近 3,000 人（或至少當中一半，即 1,400 多人），否則任何包含「修改《基本法》」的所謂「答案」，實際上都是空談。

例子 (2)：公民提名為何從來都不是政改的答案？

有關行政長官的產生辦法，載於《基本法》第四章第四十五條：

> 香港特別行政區行政長官在當地通過選舉或協商產生，由中央人民政府任命。

行政長官的產生辦法根據香港特別行政區的實際情況和循序漸進的原則而規定，最終達至由一個有廣泛代表性的提名委員會按民主程序提名後普選產生的目標。

行政長官產生的具體辦法由附件一《香港特別行政區行政長官的產生辦法》規定。

留意本條第二句指明，行政長官「最終」仍需要一個有廣泛代表性的提名委員會提名產生。不論坊間拋出的公民提名制度是單軌方案（只有公民提名制度）、雙軌方案（包含公民提名和提名委員會提名），還是三軌方案（包含公民提名、政黨提名、提名委員會提名），全部皆不符合《基本法》中訂明「一個」提名委員會的規定。當然，也會有人提出可修改《基本法》這條，但如以上例子 (1) 所論，提出要修改的部分，最低限度必須證明符合中央對港政策，但「最終」二字已經清楚說明「提名委員會存在」是一直以來的基本方針。

此外，也有人會提出「把全港選民視為一個提名委員會」的想法。這也並非答案，因為第四十五條中「有廣泛代表性」這個規定，已經不容許把所有全部選民「放進」提名委員會（要有某程度的「代表性」，便代表不可能是全部人也有份）；況且人大「8‧31」框架已明確表示，提名委員會須按照第四任行政長官選委會模式，即由 1,200 人組成。

既然明知「公民提名」不可行，提升其民主成分，即集中思考如何令提名委員會的代表性「更廣泛」，應該更合乎普選所追求的理念，而且也是要爭取更大民主空間較具體的答案。

例子 (3)：二十三條本地立法要先易後難為何不可行？

2017 年特首選舉期間，各特首候選人都有涉足《基本法》第二十三條本地立法的議題。社會對如何訂立「二十三條」有不同意見，包括有所謂以「先易後難」原則，分階段為此條進行本地立法，並以白紙草案諮詢。

留意《基本法》第二章第二十三條如下：

> 香港特別行政區應自行立法禁止任何叛國、分裂國家、煽動叛亂、顛覆中央人民政府及竊取國家機密的行為，禁止外國的政治性組織或團體在香港特別行政區進行政治活動，禁止香港特別行政區的政治性組織或團體與外國的政治性組織或團體建立聯繫。

欲以「先易後難」原則分階段進行立法，必先分辨「二十三條」所列的七宗危害國家安全的罪行，到底何者應撥歸「較易被接受」的類別，然後才可先行立法。概念上，這些全屬最嚴重罪行，不可能可分辨「叛國」抑或「分裂國家」的罪名何者

較輕，亦不可能評估市民到底較容易接受「煽動叛亂」或「竊取國家機密」先行立法。既然難以界定問題，則從解困新聞學的第一條原則來看，根本不用繼續討論分階段為「二十三條」立法的可行性。

即使前立法會主席曾鈺成曾經提出，以上罪行當中有幾項比較能「清楚定義」，可先行立法。可是一旦如此分類，焦點隨即又變成「清楚 vs. 含糊」的主觀感覺之爭。畢竟，曾鈺成認為清楚的罪行，有些人未必同意；曾鈺成認為模糊的，另一些人卻可能覺得非常清楚，況且，當涉及國家安全的某些罪行，被這樣分類而被間接定性為「定義含糊」的話，這些「餘下來的罪行」將來必定更難立法，於是特區完全履行其憲制責任之日，亦變得更遙遙無期。

另一方面，所謂白紙草案，代表政府會將準備立法的法例，完整列出在諮詢文件，交予全港市民參與。通常以白紙草案方式諮詢，所規限的對象多是專業人士，因為法例當中多數牽涉許多非常專門的技術性知識，有時連官僚亦未必完全知曉其箇中奧妙（一如與金融行業相關的《證券及期貨條例草案》，便牽涉各種財技）。故白紙草案諮詢的目標，旨在希望業界持份者能及時就條例中各個技術細節，表達關注。

反觀《基本法》第二十三條由於涉及國家安全範疇，故此特

區政府必須與中央商議法例的具體細節，確保香港的制度能跟內地的國安系統接軌，因此更不可能一開始就訂定全部細節，然後把大量細節以白紙草案方式諮詢香港市民。一旦有某些技術細節要改，便須呈示中央，而且事涉國安，未必有妥協的空間。要減輕市民對「二十三條」可能帶來的疑慮，與其拋出一大堆跟國家安全有關的專業名詞，不如先按立法原意，跟市民在重點原則上，透過諮詢達成共識，再由特區政府向中央了解底線，並將各個項目的執行細節列出，最終以藍紙草案方式呈交立法會討論，才算是真正的答案。

例子 (4)：不要基建而把錢用來做全民退保為何不可行？

關於實行全民退休保障，特區政府一直強調不論貧富的退休保障計劃，都會對政府庫房構成沉重負擔。坊間因而提出千奇百怪的意見，為政府「慳荷包」。其中一派質疑為何要建造第三條機場跑道系統、西九文化區、港珠澳大橋等耗資不菲的基建工程，又說政府若然放棄興建這類「大白象工程」，便能將資源調配，實行全民退保計劃。

然而，政府向立法會申請公共開支，其實會根據項目性質之不同，而放在不同賬目。而基建項目就要通過工務小組委員會。此委員會負責審核政府在「基建工程儲備基金」下，用於政府工務計劃工程及由受資助機構進行（或代受資助機構

進行）的建造工程之開支的各項建議。至於退休保障則屬於「服務性開支」，一般經事務委員會討論後，才轉交財務委員會審議。

為甚麼要如此分類？因為在概念上，基建撥款屬「一次性開支」（one-off expenses），而服務性開支則是「經常性撥款」（recurrent expenses），所以對庫房的長遠負擔並不相同，是故政府提交予議員考量的論點亦不一樣，從而需要由不同的委員會負責審議。由此可見，放在硬件的公帑，基本上跟用於服務的公帑互不相干，又何來有將剎停各項大型基建得來的資源，調配至退休保障服務之理？

「解困新聞學」最重要的概念在於一個「How」字，若明知要求修改《基本法》、公民提名特首候選人、以先易後難方式為「二十三條」立法，還有把基建撥款調作退休保障等想法，根本連推敲出如何達成目標的最終方法也欠奉，可以證明這些都是不用太花時間討論的答案。

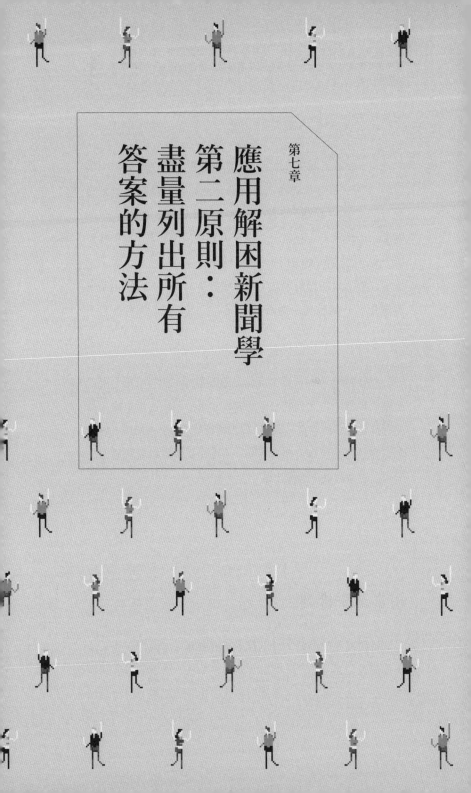

第七章

應用解困新聞學

第二原則：盡量列出所有答案的方法

為免選擇時被情緒支配，墮進「後真相時代」的思維陷阱，運用創意盡量列出所有可能的答案，才可令受眾得以釐清面前的選項，透過理性來選擇出路。

本章以「解困新聞學」的第二原則為骨幹，探討四種列出答案的方法。留意正如第三章介紹，此原則的基礎源自創意思考方式當中有關「擴散性思考」（Divergence Thinking）的理論，因此在一定程度上，這個原則跟向來強調「批判性思考」（Critical Thinking）的傳統新聞學理論，可能會出現不少衝突。例如最明顯的矛盾，是新聞故事有沒有必要指出某個答案比另一個較佳？還是只需指出每一個答案均有各自的問題？

「解困新聞學」不相信世上有完美的答案，每個答案總有可以改進的地方。因此要解困，便需在有限時間內作出取捨。為免選擇時被情緒支配，墮進「後真相時代」的思維陷阱，運用創意盡量列出所有可能的答案，才可令受眾得以釐清面前的選項，透過理性來選擇出路。

由貴至平排列

一宗新聞提出的問題，可以有多個解決方法。我們該如何分辨哪個方法最可取？「解困新聞學」其中一個最常用來列舉答案的方法，是由貴至平排列各選項相關的成本，從而在比

較之下，找出最符合成本效益的解決方法。由於一般人以消費者角度思考，應該對價錢方面比較敏感，而且近年越來越多人關注產品和服務的「性價比」（即以「性能」除以「價格」），故這個方法對大部分人而言都較易理解。

不過，當人們進入恐懼狀態時（煽動恐懼是「後真相年代」常令羣眾作出不理智決定的觸發點），往往會為了消除自身憂慮，而「病急亂投醫」，不理價錢和成本，因而會輕易受到蒙騙。因此由貴至平的排列答案方式，往往令受眾得以回復理性，通常較適合用來處理教人恐懼和憂慮的問題。

舉個國際層面的例子，特朗普宣稱為了防止墨西哥的非法移民，便曾在競選期間力銷興建巨型圍牆（Build the Wall）。當時已有輿論質疑，如此龐大的基建究竟要花多少錢，而特朗普也曾經揚言費用會由墨西哥政府承擔，後來又改稱可以在巨型圍牆上安裝太陽能發電板，但真正可行的建造辦法一直不了了之。德國總理默克爾（Angela Merkel）在 2017 年 6 月訪問墨西哥時，亦揶揄「建牆解決不了非法移民之困」。事實上，只要排列一下各種處理非法移民的政策措施實際上牽涉的公帑開支，便可知悉「建巨牆防非法移民」之「性價比」極低，而純粹是一個喊起來令部分美國人感到沒有那麼恐懼的口號。

至於本地例子，則有近年的「流動電話發射站輻射影響公屋居民健康」問題，可進一步闡明由貴至平排列答案方式的效用。本港多個電訊服務營運商，均會在不同樓宇的天台安裝「流動通訊無線電基站」（以下簡稱「基站」），向市民提供無間斷流動通訊服務。自電訊管理局於 2009 年拍賣多組 2.5 / 2.6 吉赫頻帶無線電頻譜後，電訊商隨即加緊鋪設網絡，由 2010 年起，陸續為用戶提供第四代流動通訊服務（即 4G LTE[Long Term Evolution]）。

根據通訊事務管理局 2017 年的資料顯示，現時全港約有 47,000 個基站。基站愈多，市民上網及通訊愈方便，卻同時令社會產生疑慮。不少傳媒接獲居於頂層單位的市民投訴，指身體健康屢屢出現問題，擔心與天台安裝大量基站發出輻射有關。其中一宗例子發生在 2017 年 5 月，有報導指上水太平邨平易樓高層廖姓住戶，疑因為長期受基站發出的輻射影響，五年內一屋四口先後有三人患癌。立法會議員尹兆堅及後收到逾 30 宗求助個案，部分涉及癌症或其他身體不適。

儘管衞生署指出，基站產生的「射頻電磁場」屬於非電離輻射，能量遠低於 X 光和核輻射等電離輻射，不能打破人體內的化學鍵（chemical bond）而造成傷害，但在 2011 年，世界衞生組織轄下的國際癌症研究機構，就將這類射頻電磁場撥入 2B 級「或能令人類患癌」類別，代表在人類方面存在

「有限證據顯示可致癌」，難怪不少居住頂層的市民仍然憂心忡忡。

另一方面，通訊事務管理局目前採用的非電離輻射安全標準，乃是根據國際非電離輻射防護委員會（International Commission on Non-Ionizing Radiation Protection, ICNIRP）所制定的《限制時變電場、磁場和電磁場暴露的導則》（簡稱《限制導則》）來釐訂。有關導則規定，依基站操作頻率不同，最高電磁場輸出功率密度是每平方米 900 萬微瓦（$\mu W / m^2$）。不過，現時內地標準是 10 萬微瓦，而德國建築生物學院標準更限於 1,000 微瓦，換句話說，香港標準比前兩者分別高出 90 倍和 9,000 倍。由於有比較，自然有聲音要求當局修訂本港標準。

據現行政策，若市民對任何基站附近的輻射安全有疑慮，可聯絡通訊事務管理局辦公室（下稱「通訊辦」）安排測量輻射水平。由 2013 年至 2016 年，通訊辦應要求到全港各處進行超過 800 次輻射水平測量，亦主動對 3,500 多個基站進行抽樣調查。結果發現所有個案的輻射水平均低於以上提到的《限制導則》限值。由於未有個案超出現行規限的安全水平，政府也不會有其他跟進行動。可是從解困的角度來看，市民繼續憂心忡忡，議員堅持不斷投訴，政府要抒解民困，可以用甚麼方法解決？

方法可以是由政府作為最大業主的公屋入手。截至 2016 年底，全港 270 個公共屋邨當中有 170 個（即 63%）已安裝無線電基站和天線。不時有區議員建議將這些基站拆走，一了百了，沒有基站和天線，便沒有輻射的困擾。但眾所周知，流動通訊覆蓋率與基站數量直接掛鈎，如果將基站全部拆走，肯定令全香港所有公共屋邨頓變「網絡黑洞」，即一旦步入公屋範圍，便不能上網及使用流動電話。作為拆走其餘基站的補救方案，是嘗試在屋邨外圍加蓋大量基站，或大幅加強基站發射功率，但這個做法即使可行（有些地點可能會受地勢阻礙），開支卻很可能會非常昂貴。

另一個可以釋去居民疑慮的方法是，既然頂層住戶擔心受天台基站發出的輻射影響，政府可撥款每季為公屋頂層住戶進行身體檢查，確保定期檢測輻射對身體的影響，貼身照顧，盡顯關懷。不過，當中所牽涉醫療檢驗費用，以及有機會衍生的長期醫療開支極高，故每季為大批居民提供醫療檢查和支援的長遠支出，比起上述「一次過拆走基站」的答案，肯定更為高昂。

推演至此，或者有人會質疑：政府怎可能會這樣做？的確，「把公屋範圍全部基站拆掉」和「定期為頂層居民檢查身體」這兩個答案，不符合政府慣常的做事手法（尤其是輻射水平跟健康的關係在現階段未能全面確立），可是，由貴至平排列

答案的最大特色，正是把一切「看似不可能」的答案，賦予一個參考價格，看看真的要實行起來時，所謂的「天價」有多高，而不會未經計算便即時否定，藉此作出客觀比較。

要釋去市民憂慮並降低「答案」的成本，還可考慮最後一扇窗 —— 令輻射射不到頂層而又繼續涵蓋公屋範圍。具體方法，是在屋邨天台水箱之上安裝基站。

香港城市大學電子工程學系副教授曾劍峰表示，近年常見的 4G LTE 技術，其資料傳輸密度較上一代 3G 技術密集約十倍。基本物理學原理告訴我們，高頻段相對低頻段的電磁波，能量損耗比較高，因此 4G LTE 所產生的輻射之擴散幅度，亦會比 3G 狹窄。如實際量度，只要將基站加高三米放置（如架在天台水箱上面），令基站與頂層住戶相距十米或以上，已可大幅降低頂層住戶所接收的輻射水平（或最低限度跟其他樓層所受的影響幾近沒有分別）。

要解決居於頂層單位的市民對天台佈滿基站的擔心，單單說「未有足夠科學證據顯示輻射致癌」，根本不能舒解民困。反而透過由貴至平排列答案這個方式，在「每季為頂層居民進行身體檢查」、「拆光天台基站」、「於天台水箱上安裝基站」這三個方案中，明確顯示最後一個最便宜又有效，從而引導受眾透過理性比較，找出答案，克服恐懼。

以由好至壞的方式把各種可能出現的做法順序排列，則讓受眾得以一目了然不同答案之間的好壞，方便比較。

由好至壞排列

由好至壞排列答案然後作比較，是應用「解困新聞學」第二個原則的另一個方法。這個方法相對適用於跟公共政策相關的新聞。因為政策議題所涵蓋的持份者眾多，並無單一標準來作比較。反觀商界或與財金政策相關的新聞，由於主要關乎利益問題，因此透過相對簡單的「成本效益分析」（Cost-Benefit Analysis），便多數能找出「最佳答案」（一般來說，此乃效益減去成本後，淨獲益最大的方案）。

加上政府的慣常做法，往往只會向公眾提出單一方案，然後再按收到的意見來微調（即官腔謂之「優化」）建議，只求夠最低票數通過議會，於是在沒有比較下，政府推介的方案究竟有何好處或壞處，反而不明顯。以由好至壞的方式把各種可能出現的做法順序排列，則讓受眾得以一目了然不同答案之間的好壞，方便比較。

至於用甚麼「政策做法」作出比較，則包括下列四項：

〔A〕**慣常做法**：沿用過去方式完全不變，政策用語則是拉丁文 status quo；

〔B〕**優化做法**：繼續現有政策方向，但會加重或減輕力度，並填補漏洞；

〔C〕**創新做法**：在香港未實施過的新手法（不過在外地或有參考案例）；

〔D〕**否定做法**：完全放棄現行政策，政府不用負責而交由社會或市場決定；

如以「啟德體育園區提案誘因」在 2017 年 5 月之爭議，便可說明由好至壞排列方式的運作方法。

香港國際機場自 1998 年 7 月搬至大嶼山赤鱲角，特區政府遂將原「啟德機場」舊址空地，連同毗連的九龍一帶合共 328公頃土地，劃入《東南九龍發展規劃》。計劃經歷中環及灣仔填海計劃司法覆核案後，政府提出「填海幅度最少方案」，於 2007 年改成今天的《啟德發展計劃》。計劃最初預計興建啟德體育城、都會公園、郵輪碼頭、商業及住宅等項目。首階段項目啟德郵輪碼頭於 2014 年落成；而最終階段項目中的核心 —— 啟德體育園區，則期望在 2022 年後陸續竣工。

啟德體育園區之所以出現爭議，是政府這次為啟德體育園區招標，預備推出在香港從未試過的「提案誘因」(bid incentive)。政府最初建議入標最後四強中落選那三名，可獲籌備標書時所花費用之一半，最多能取回港幣 6,000 萬元。換句話說，如入標承辦商在聘用專業人士及顧問做財務預算投射模型 (financial budget projection model)、建築及工程繪

圖、製作模型與動畫……等一系列項目上花了港幣 1 億而最終成為四強，即使他們落選，尚可取回 5,000 萬元；不過，若預備標書的總開支超出港幣 1 億 2,000 萬元，入圍承辦商則只能取得上限 6,000 萬元。

政府解釋，設立「提案誘因」的目的，是因為體育園區涉及的工程複雜，承辦商所承擔的財務風險頗高，擔心未必能吸引足夠具質素的標書認投項目。且投標者必須同意授予政府特許，讓政府或指定機構運用其所提交的投標文件內容，也就是政府有全權使用三份落選標書內的設計和建議。

對於「落選仍然有錢收」這種首次引入香港的投標方式，議會內不論建制派還是非建制派均有議員反對，有議員質疑此乃「送錢給商業機構」的肥肉，又認為入標公司必須自己承受落選的風險，既是願者上鈎，質疑「為何要提供 6,000 萬元那麼高之補償」；亦有人提出假設問題，擔心一旦打開缺口，政府以後每遇大型基建項目都會提出「提案誘因」。然而，根據 2017 年 5 月民政事務局提交工務小組委員會的討論文件，強調這次為體育園提供「提案誘因」是特殊和「一次性措施」，無意在其他政府工程計劃或採購工作採用同類安排。

至於 6,000 萬元是否過高，須知道準備工程設計和營運的大型標書，即使全球最大的國際建築師樓，也得安排大隊人馬

參與，至少兩個月不能接受其他客戶，還要付費予財務顧問及體育專家，故這類標書之總開支動輒港幣 1 億元以上。且政府所提供的最高 6,000 萬元並非獎金，明文規定落選公司只可收回製作標書的一半成本，亦即拿了這筆款項的落選承辦商仍要補貼一半，絕對算不上「送錢」或「大賺一筆」。

固然，不少立法會議員對創意行業真的不甚了解，以致批評顯得對相關專業不尊重。因此，單純向議會解釋「提案誘因」的好處和目標，不能釋去議員的疑慮和改變他們的固有想法。因此要作出全面的比較，便正好可用由好至壞排列各種可能性這個方式，以尋找最佳答案。

先釐清四種「政策手法」。鑒於「提案誘因」在香港政府的招標方式中前所未見，因此屬於上述的〔C〕情景，即創新做法。至於〔D〕否定做法，則是由較激進議員所提出的「要求重新諮詢規劃」或「押後整個項目」，也就是推倒重來。剩下來還有〔A〕和〔B〕兩個情景，則可作出下列分析。

先探討〔A〕慣常做法，就是沿用過往政府規劃大型基建的模式，將「設計－興建－營運」（Design-Build-Operate，簡稱 DBO 方式）斬件，承辦商只負責「設計」和「興建」，再由康樂及文物事務署接力「營運」，表面上涉及的總開支下降，但實際上要康文署大增人手，甚至要另設一個新部門（如啟德

體育園區特別辦公室），加上公務員薪金及福利所涉及的公帑開支，必定較項目交由外判營運商高出很多，而且更欠缺資源調配的靈活性。

不過，除了金錢支出的比較外，也許更重要是經驗和效果方面，康文署和國際體育設施營運商存在相當大的落差。本港輿論經常批評康文署營運體育設施出問題，最常見是康文署在安排租借體育場地方面，長期被批評未能解決「炒場」（即一早利用康文署的系統訂了場地，再以更高價放租）問題；乃至於管理較大型體育設施方面，則有 2013 年多支英格蘭超級足球聯賽勁旅來港獻技，但香港大球場的草皮遇大雨即變泥沼，最後成為國際新聞。康文署雖然隨即成立「草地專家小組」，全面重鋪草地，但 2016 年底又有報導指草地出現青苔兼泥土鬆散，草地專家李賢祉更辭任小組成員職務。試想想，如果連一個球場的草地也無法管理妥當，市民對康文署管理偌大而多用途的世界級啟德體育園區的信心又有多大？

再看看〔B〕優化做法，即政府採用「一條龍模式」發展體育園區，承辦商既要負責設計及建造，日後亦須以自負盈虧方式營運整個項目，但按現行狀態不給予「提案誘因」。這種做法到底有沒有效，則可參考《啟德發展計劃》首階段的重點項目 —— 啟德郵輪碼頭。郵輪碼頭當年招標過程一波三折，

或可用來推演於無「提案誘因」的情況下，政府要以「DBO方式」招標大型基建項目可能面對的困境。

2005年，政府邀請發展商提交郵輪碼頭選址建議，結果六份建議書無一符合要求。經過再三評估之後，政府待至2008年再以招標賣地方式公開招標，收到兩份標書，一份要求批出更多商業用地，另一份要求分拆酒店出售，結果兩份標書均不符合要求。最終，政府決定自行興建。由2005年開始招收意向書，直至2009年底才進行土地平整，然後再就設計及興建郵輪碼頭大樓及輔助設施工程等招標，於是令本來預算於2012年初竣工的郵輪碼頭，押後至2013年底才交付營運商。更讓人失望的是，2017年4月審計署發現郵輪碼頭停靠船次低於預期，即使旺季使用率也不足四成，碼頭商場舖位半數空置，情況跟最初估計相距甚遠，突顯由原先以DBO方式招標，到最後被迫斬件招標可能出現的嚴重問題。

在無「提案誘因」下以DBO方式招標，啟德體育園區大有機會重蹈啟德郵輪碼頭覆轍。國際承辦商不願冒險競標，令政府可選擇的標書數量大減，肯定影響園區的設計質素。即使部分承辦商肯入標，在無「提案誘因」下，標書也會相對以低成本製作，不會願意花上億元籌備，財務推算誤差一般較大，規劃設定也較草率，一旦統統被評為不及格，要重新招標，竣工日期勢必再次押後，費時失事。再退一步，假設有

財團參加競標，從商業策略角度考量，很大機會是那些在啟德地區已興建樓盤的地產商，又或是幾家財雄勢大而不惜工本的內地企業，到時又可能影響港人對營運商「究竟有多關注本地體育發展」之觀感。

如果單純比較〔B〕與〔C〕：是不是用了「提案誘因」的招標手法，啟德體育園區就必定不會重演郵輪碼頭不斷失算、一再招標的局面嗎？雖然無人能說得準，但「解困新聞學」強調比較不同答案，而透過簡單的比較和推算，當可得知「提案誘因」招標方式是個較佳的答案。

首先，「提案誘因」會讓世界各地更多承辦商願意多花資源研究是否入標，從而令如何興建及營運體育園的選項增加，本地財團也不能佔上風，避免再次以地產項目補貼基建，甚至可能變成「掛羊頭賣狗肉」的困局；

其次，由於「提案誘因」讓政府可全數使用落選三份標書內的知識產權，即政府有權選用所有設計圖則、營運推算模型、市場推廣策略。在多了 Plan B、Plan C 和 Plan D 的情況下，即使最高分的 Plan A 有部分未完全符合要求的地方，政府尚可利用不同營運方案的內容取長補短，降低整個項目因「流產」而無奈重新招標的風險。

最後，讓我們用由好至壞排列方式作比較。以〔B〕的「DBO方式」發展啟德體育園區，應該較〔A〕那種沿用由康文署管理的方式好；至於加設「提案誘因」的〔C〕方式，又比起〔B〕較有保障，對社會整體更負責任。而對於整個體育界、特別是運動員來說，把整個園區推倒重來的〔D〕方式，可算是「最壞情況」（即 worst case scenario），更遑論該地段由 1998年空置 20 年並再押後所間接浪費的社會成本，根本難以估量。故此由好至壞的排列結果分別為：〔C〕（有「提案誘因」）＞〔B〕（無「提案誘因」的 DBO）＞〔A〕（斬件由康文署管理）＞〔D〕（推倒重來）。

雖然後來政府作出讓步，決定以「最終三強中落選兩強可獲『提案誘因』」，取代起初的「最終四強中落選三強可獲『提案誘因』」的方案，但基本上仍是以〔C〕的創新方式為藍本。

關於更嚴謹的「比較答案」方法，會在下一章探討「解困新聞學」第三個基本原則時，再進一步詳細討論。

對錯二分法

有時候，我們並不需要由好至壞或由貴至平排列答案，只需簡單篩掉答非所問的假答案，自然能夠分辨解決問題的有效方法。2017 年發生的兩宗本地新聞：器官捐贈名冊現退出潮和反對捐血予紅十字，都適用「對錯二分法」以對症下藥。

例子 (1)：退出器官捐贈名冊懲罰醫生？

2017 年 5 月，中央器官捐贈登記名冊一度出現退出潮，有人認為原因出於聯合醫院因為被質疑「開漏藥」導致病人急性肝衰竭事故，打擊了市民對器官捐贈的信心。

事件源起於同年 4 月初，43 歲媽媽鄧桂思因急性肝衰竭被送入瑪麗醫院，其未滿 18 歲的女兒想捐出自己肝臟不果，後獲不認識的有心人鄭凱甄捐出活肝續命。鄭女自願捐肝後，帶動登記捐贈器官熱潮。據中央器官捐贈登記名冊數字顯示，4 月首星期全港自願捐贈器官登記人數只有 532 人，但自 4 月 13 日傳媒報導鄭女捐肝事件後，該星期的登記人數飆升至 1,392 人。至 4 月 20 日，鄧桂思需接受第二次換肝手術，4 月 22 至 28 日，加入登記名冊的人數更加上升到 3,702 人之高峰。

其後，鄧桂思家屬發現，鄧的急性肝衰竭或源自醫療失誤。5月9日，聯合醫院公開承認，鄧在病發前曾因腎病到該院覆診，惟院方指兩名醫院資深腎科醫生在處方類固醇藥物時，應該未有留意病人是乙型肝炎帶菌者，故沒處方護肝抗病毒藥物，令她患急性肝衰竭的風險大增。而事件曝光後的5月6日至11日，共有247人退出中央器官捐贈登記名冊，比過往每月平均數十人退出大幅增加。

加入中央器官捐贈登記名冊，本是希望幫助有需要的病人。不論醫生還是院方出錯，反而懲罰病人，豈有邏輯可言？香港大學外科學系肝臟移植科主任盧寵茂亦指：「器官捐贈幫助的並非醫生，市民不應該因個別醫療事故，懲罰等候移植器官的病人。」港人不滿香港醫院近年屢次出現醫療事故，而選擇退出中央器官捐贈登記名冊，肯定是答非所問的假答案。真正要做的理應是向醫生問責，例如要求負責處理醫生投訴的醫委會改革，令香港醫學會不能再操控醫委會，改變醫醫相衛的局面。如醫學會會長兼任醫務委員會委員蔡堅醫生，在今次醫生用藥失誤上，就認為醫管局應「改善電腦系統的警示功能，發出響聲提示」，彷彿錯不在聯合醫院管理層或兩名醫生，而是電腦系統不聰明。

例子（2）：反捐血運動懲罰紅十字會失誤？

2017年5月初香港血庫告急，紅十字會頻頻呼籲市民前往捐血。不料紅十字會在社交媒體上發佈的一句希望勾起同理心的説話「如果四天後急需接受輸血治療的是身邊人，仍然與你無關嗎？」，引起網民反感，認為紅十字會詛咒親友、情緒勒索云云，更以陰謀論猜疑紅十字會血庫近年多次告急的原因，是將血液運往其他地方。另一方面，紅十字會那幾天緊急呼籲後，多個捐血站出現排隊人龍，輪候時數由個多至三小時不等，令部分有意捐血者不滿。兩個不同原因，加起來卻引發「不再捐血運動」。最後紅十字會為其用詞道歉，解釋人口老化導致更多長者需要接受手術，以及實行「三三四」新學制後，可參加捐血的中學學生數目減少，才是連連告急的原因。

「捐血」與「加入中央器官捐贈登記名冊」同樣是希望幫助有需要的病人。如果説不滿紅十字會的公關手法，大可向有關部門反映，期望對方提升下次宣傳信息的質素。至於捐血站擠擁，應催促紅十字會檢討現行捐血流程，如延長捐血站開放時間、研究預留捐血時間系統等，才是針對問題的有效解決辦法。一時意氣，退出器官捐贈名冊和反對捐血予紅十字會，皆未有對準真正的問題，更遑論找尋有效的解決方法。當下次感到被大堆似是疑非的情緒發洩式答案困擾時，宜先用「對錯二分法」辨明問題，也許已足夠篩選出唯一的真正答案。

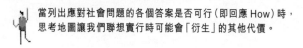
當列出應對社會問題的各個答案是否可行（即回應 How）時，
思考地圖讓我們聯想實行時可能會「衍生」的其他代價。

思考地圖法

「解困新聞學」基本上有四套列出答案的方法，即由貴至平排
列、由好至壞排列、對錯二分法及本節所述的思考地圖法。
思考地圖有多種，當中較常用的是由阿倫‧哥連斯（Allan
Collins）與羅斯‧奎連（Ross Quillian）開發之「心智圖」（即
Mind Map）。當列出應對社會問題的各個答案是否可行（即
回應 How）時，思考地圖讓我們聯想實行時可能會「衍生」
的其他代價，而這些代價往往造成巨大障礙，令人放棄本來
選擇的答案。

其中一個最能說明如何以思考地圖法探討「衍生社會成本」
之答案列舉方式，從而更清晰了解問題本質的實例，是有關
「放寬工廈作藝術用途」的討論。2014 年，城市規劃委員會
（下稱「城規會」）公佈《全港工業用地分區研究》，發展局在
接獲建議後，陸續修訂沙田、長沙灣、新蒲崗等多個地區的
分區計劃大綱圖，放寬區內工廈的用途限制，把「藝術工作
室」列入「工業」、「商貿」和「住宅（戊類）」地帶內「工業－
辦公室樓宇」的經常准許用途，不過直接提供服務或貨品者
除外。根據城規會對「藝術工作室」的定義，純粹指用作繪
畫、雕塑、陶藝及其他藝術畫和藝術品等創作的工作場地，
以及藝術表演的排練場地。而且由於不能直接提供服務或貨
品，所以興趣班、講座、演出、售貨場等一律不被接受。

發展局在「活化工廈」政策開始時已特別強調，放寬工廈的「非工業用途限制」之重要原則，是不會構成嚴重消防風險。時任發展局局長陳茂波在回應立法會議員提問時已再三強調，當工廈出現涉及公眾人流的活動時，由於參與者未必懂得如何在工廈逃生，生命可能受到嚴重威脅。特別是工廈有可能貯存易燃及其他危險物品，所以任何增加人流的活動，都需要謹慎考慮。

儘管以上「人命攸關」之道理顯淺，可是當香港獨立音樂場地 Hidden Agenda（HA）自 2009 年成立以來，因活化工廈政策下場地被財團收購，及違反地契等問題三度被迫搬遷，已引起許多音樂愛好者關注。至 2016 年底 HA 在牛頭角重開，然後 2017 年 3 月食環署職員「放蛇」執法，由於 HA 當天表演未有申請《公眾娛樂場所牌照》，最後負責人被控違規經營。

事件隨即引起社會熱烈討論，認為應全面放寬甚至容許免費表演項目不需申請《公眾娛樂場所牌照》，一方面迎合新生代的生活品味而配合民情，另一方面亦能支持本港文化創意產業發展。也有輿論認為，表演者本身願意無償演出已很難得，為何只求一次義務表演的機會，政府也要設置多重關卡那麼麻煩？根據《香港法例》第 172 章《公眾娛樂場所條例》，任何人舉辦指定娛樂節目，如展覽、戲劇、音樂會、電影放映會等，只要公眾可以進場，不論收費與否，均須申領

《公眾娛樂場所牌照》或一次性的《臨時公眾娛樂場所牌照》。

那麼，全面放寬牌照背後，究竟衍生甚麼社會成本？思考地圖法提醒我們，一旦容許免費項目不需申請《公眾娛樂場所牌照》，有機會為香港衍生另一些社會成本（留意是「成本」，但不一定是「問題」，在本段總結時會論及）。儘管本港文化界皆在等待藝術表演場地牌照會放寬的一天，但不能夠排除某些行業，會借機進行自私自利的不法行為。例如，灣仔一帶的鋼管舞表演，表面上是「免費表演」項目，然而背後多涉及黃色事業勾當。

不過，倘若社會整體並不介意開放牌照所引伸的這種「有傷風化」的社會成本，並透過公眾諮詢清楚表達意向，政府對於豁免「免費表演」的牌照申請之規限，便可按照社會共識來處理，從而為活化工廈找出新答案。

固然有人會批評：「為甚麼要把樂團表演和鋼管舞表演混為一談呢？兩者性質根本截然不同！」可是從執法者的角度，法例既寫下「娛樂節目」，就是規限一切形式的「娛樂節目」。在法律定義的層次來看，「樂團」和「鋼管舞」的表演模式與性質雖大相逕庭，卻同屬「娛樂節目」，因此均需按法例領牌。

既如是，修改法例又行不行？例如，只容許某些義務性質的

表演活動可不用領牌，又或是所有免費表演也不需領牌，但把一些有可能涉及不法行為的表演剔除於「免領牌」名單，這樣又可以嗎？如此，則會衍生另一種社會成本。讓政府以「可能涉及不法行為」來規限某些表演藝術，既影響表達自由的權利，也對那些表演藝術不公平（為甚麼只是「有機會」涉及不法行為，便要受額外監管？）。畢竟，表演鋼管舞也可以是正正經經的，更不可能全部都牽涉賣淫活動。

況且，即使放寬免費表演項目不需申領牌照，也不代表「表演者身份」方面無問題，令一些如 HA 的表演場地得以合法經營。2017 年 5 月，相關政府部門再度於 HA「放蛇」突擊執法，不過今次的對象為未申請工作簽證的英國樂隊「This Town Needs Guns」及「Mylets」的四名成員。根據《入境條例》，外國人在港工作，不論受薪與否，都需要申請工作簽證，並由入境處行使酌情權審批。HA 負責人許仲和對傳媒表示，他們曾多次為外國表演者申請工作簽證，然而，入境處指地方不合規格而未有審批。正因「反對輸入外勞」是一個極度敏感的政治議題，試問工作簽證問題該如何解決？

理論上，政府如果願意全面配合文化創意產業的發展，可透過修例來定義何謂「境外表演者」，然後批出特設簽證，可是香港市民到時又會擔心，勢有大量不同地方的表演者到香港，跟本地人爭用向來供應緊張的表演場地。另一方面，一

旦文化創意產業獲此優待，其他佔 GDP 總值更高的行業，勢必向政府施壓，要求全面輸入外勞。結果還是同樣的那個問題：假如香港社會整體不介意打開「全面輸入外勞」的缺口，視之為一種「衍生」社會成本，則放寬境外表演者來港，便當不成問題了。

這裏亦引伸出違反地契問題。目前工廈單位的活動會否違反地契條款，要視乎該用途的實際運作情況，及所涉地段地契的條款。業權人可向相關分區地政署申請短期豁免書，或更改地契擬議新的用途。不過更改地契流程繁複，業主要先獲得該工廈內全部業主同意放棄土地工業用途，再付費改裝各種設備，以通過政府不同部門（包括消防署、食環署、地政署等）批准，方有機會放寬大廈用途。地契是「跟地」而非「跟人」，一旦業主明年不願與租客續約，則一切又要推倒重來。

推論至此，可見以為單純透過「放寬免費表演項目不用領牌」，就能圓滿解決「Hidden Agenda 事件」或類似問題，那可能是某些「倡議式新聞」故事過度簡化相關社會成本罷了。

「解困式新聞」的第二個原則要求「盡量列出所有答案」，目標是要全面分析。如透過「思考地圖法」推演各種答案的衍生社會成本，便有機會及早認清答案背後，還牽涉多少社會整體需要夠承受的後果。

定義、擴散、再聚斂

盡量列出所有答案後，我們又應該用甚麼方法分析和比較，從而作出取捨？根據經驗，以上每種列出答案的方法，均有一種相對應的分析方式：

- 由貴至平排列　　→　　成本效益分析　（第 156 頁）
- 由好至壞排到　　→　　底線分析　　　（第 165 頁）
- 對錯二分法　　　→　　合法性分析　　（第 174 頁）
- 思考地圖法　　　→　　換位分析　　　（第 183 頁）

下一章將會探討這四種不同的分析技巧，並輔以多個「解困式新聞」故事實例來說明。

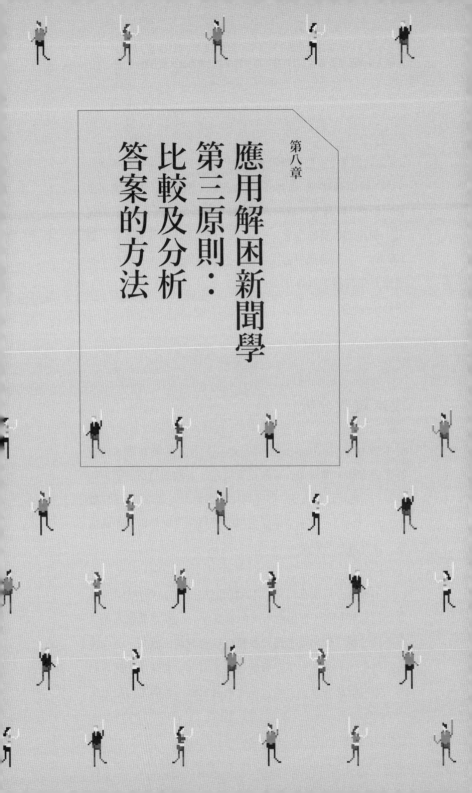

第八章

應用解困新聞學
第三原則：
比較及分析
答案的方法

成本效益分析通過比較各個不同選項的全部「成本」與「效益」，來評估每個選項的價值，目標是以最小的成本，獲得最大的效益。

「解困新聞學」主張新聞報導必須提供答案。在第三章提到的三個「解困新聞學」基本原則中之第二個原則「盡量列出全部可能性」以及第三個原則「比較不同答案的優劣」，其背後有一個相當重要的含意 —— 大部分「問題」應該有多於一個「答案」。列出全部可能性以後，應該要如何作出比較呢？本章會介紹四個不同的方法。

成本效益分析

成本效益分析（Cost-Benefit Analysis）可能是最常用來比較答案的方法。簡單如日常的投資決定，宏觀如經濟政策的效益評估，也可以此方法，即通過比較各個不同選項的全部「成本」與「效益」，來評估每個選項的價值，目標是以最小的成本，獲得最大的效益。

以成本效益分析法套用在「解困新聞學」上，最重要是把「時間如何影響價值」套用在不同的答案上。以安老議題為例，香港接二連三爆出長者護理服務提供者虐老的醜聞，不少議員認為長遠必須透過增設資助院舍，引入一套高水平認證制度，方可解決問題。可是，院舍疏忽照顧以至虐老問題迫在

眉睫，我們還要等多久才可以有一套業界願意接受的認證制度？又要等多久才可增設安老院舍的土地供應？老人家究竟要在「被虐待」的陰影下活多幾多年？

一旦把「時間如何影響價值」的概念放進此議題，便知道要解困必須找出一些短期能夠實行、而且成本效益明顯的方案。例子可見以下「解困式新聞」：

個案二
輸入安老外傭　維護長者尊嚴

2015 年 5 月，大埔劍橋護老院被揭發其住院長者在等候洗澡時全裸，輿論譁然。政府立即出招，相關院舍不獲續牌。事件嚴重之處，在於「劍橋護老院」是本港長者院舍的知名品牌，分支眾多，理應可透過經濟規模（economies of scale）提升服務質素，卻爆出這宗醜聞。由此推算，一些較小規模和獨立院舍，經營必更困難，而服務質素可能更差。

護老院舍問題雖複雜，但主要問題還是因為供應不足。在事件發生的同一個月，特首跟議員辯論此事，張超雄議員認為應透過引入認證制度提高院舍質素，而其時的行政長官梁振英則把

整個問題濃縮成土地供應的問題。其實雙方答案並不牴觸，只不過都難以在短期內推行，令住進私營安老院舍的長者，仍在可被虐的陰霾下生活。

的確，不少院舍提供給每名長者的居住地方，已因政府多年前實施的買位制度，大幅增至約 100 平方呎。不過住院長者往往不能外出走動，長期身處百呎房間，始終讓長者感到侷促封閉。在擠迫環境下，即使全面引進外國的服務標準，但礙於空間感不足，其實對改善長者生活質素作用不大。另一方面，香港住屋土地本來就不足，加上很多人都把安老院視為厭惡性設施，使興建安老院舍難上加難。特首指出這問題沒有錯，不過具體答案欠奉。試想現在連覓地建資助房屋也難，遑論更具爭議性的長者居所。即使有大型安老村在籌劃當中，但至少要三至四年才會落成。更何況即使一次過提供千多個牀位，仍屬杯水車薪。

如何解困？不妨先從「時間成本」入手。被疏忽照顧或被虐的長者，很大機會平時也很少人探望，故間接令有些院舍的員工，抱着即使違規虐老也沒有後果的心理。而且社會福利署再多突擊巡查也好，亦未必能夠令這些員工有所警惕。一來，被重罰的是院舍營運商，卻非員工；二來，本地照顧者（即 carers）的人力市場長期人手不足，此處不留人，他們即日已經可在別的院舍再上班。

就以上述提到要長者裸體等候洗澡的事件為例，傳媒及公眾的注意力，都只放在大埔劍橋護老院不獲續牌之上，但那位肇事員工呢？也許繼續在幫長者洗澡，不過只換了另一間院舍工作罷了。故在硬件不會大幅改善的短期情況下，要具體協助住院長者，只得從兩個方向入手。

第一，設立一套新的監察系統，在長者及其家屬同意（也就是不抵觸私隱）的情況下，在租住牀位設立直達家人的投訴鐘，甚至在不干擾其他院友的情況下，安裝全日錄音或錄影系統。這個方法最低限度使工作忙碌而無暇探望、但仍然關心家人的親屬，能透過科技監察院舍服務。至於設立安裝監察系統的成本，則可由非牟利機構以社企模式特惠提供。固然院舍營運商會因自保而拒絕安裝，故此政府須強制安排，或要求所有沒有參與買位計劃又曾被多次投訴的院舍率先安裝。

第二，大幅增加照顧者人手，既然香港願意擔任照顧者的人手嚴重不足，引入外勞以保障安老服務水平，當是必然答案。固然一眾工會會大力反對，並反駁此乃僱主未能提供合理薪金，因此這類職位無人問津。然而，照顧者是一份既需體力又要耐性，且工作時間極長的職業，要提升薪金至具市場競爭力水平，所涉金額不低，如營運商把薪金增幅轉嫁到收費，只害苦了一眾長者及其家屬。

要解決人手問題，不妨把現時引入外籍家務助理（domestic helpers）的政策，擴展至容許持牌安老院舍以相同薪金聘請外傭。而且為了提升服務質素，院舍如要聘用外傭，必須先達到買位院舍的水平（如護士數量、人均生活空間）。此舉最大的好處，是令院舍有更多人手，避免因工作繁重、手忙腳亂，做出要長者裸體等候洗澡這種罔顧尊嚴的離譜行為。

固然仍會有工會堅決從原則上否定輸入外勞，可是在維護長者尊嚴的前提下，有些原則的確有商榷餘地。最低限度以上方法不會直接削弱本地照顧者的競爭力，因為能操流利廣東話及熟知本港文化的照顧者，始終有外傭無法比擬的優勢。

透過成本效益分析的另一好處，是可以避免情緒化的政治爭拗，而可集中討論如何增加當下的成本效益。例如，為香港電台（「港台」）興建廣播大樓的問題，有人認為關鍵在於港台的立場應該向「建制」還是「泛民」傾斜，卻鮮有以「提升港台廣播大樓服務市民的效益」作為答案去討論。下文則是以「解困式新聞」角度，比較港台大樓的效益可怎樣進一步蓋過其成本。

個案三

港台建大樓　三招脫政治泥沼

2014 年 1 月，商務及經濟發展局決定，放棄繼續為港台新廣播大樓申請撥款。但港台員工在一星期後，又再公開要求局方把預算削減後的撥款申請，再交立法會審議。有評論認為事件背後全是政治，借泛民與建制的角力來「陰乾」港台。假如我們選擇接受這種陰謀論，則新廣播大樓的造價實無關宏旨，這項工程也沒有可解困的出路可言。

不過，若選擇相信事情還有轉機，則我們應該從「新廣播大樓」的成本效益作分析。這邊廂，相關官員認為港台應再提「切實可行方案」，那麼應增加或減少甚麼元素？是否再大幅削減儀器費用，局方便能接受？那邊廂，港台堅持 53 億港元已是「減磅方案」，故削無可削，那這項工程又是否必成死局？

總結「官員 vs. 港台」雙方之主要論據如下：

源起：港台現址殘舊兼空間嚴重不足，不能不搬。

問題：造價由 2009 年的 16 億元，變成 2014 年的 60 億元，增幅三倍多，實在太高。

解釋：港台要提供五條數碼廣播及三條新電視頻道，自然需要金錢也需要地方。

討論到達以上「解釋」這點必定膠着，需要多少空間、幾多資金才足夠？整個審議過程中，根本就沒有訂立客觀標準。

曾負責廣播事務的前局長王永平，建議把港台需要的空間和設施規模，跟本地幾間有線或無線電視台比較。這種比較雖具參考價值，但恐怕未能為此解困。一來，公共廣播的運作模式和私營傳媒企業不同。例如，私營傳媒要預留不少空間予廣告部，港台則不需要；相反，本港大部分傳媒企業的圖書館及存檔系統都很差，但港台作為政府部門，資料庫則十分完備。二來，本港現時根本就沒有任何一間電子傳媒，需要如香港電台般同步製作電視及電台節目，把這兩類節目放在同一幢大樓製作，可產生的協同效應到底為何，實難以估量。

上述膠着的局面必定會持續一段時間，皆因雙方只會愈趨「牛頭不答馬嘴」。一方只強調現時的「工作環境」有多不濟，而另一方只懂不斷「壓價」。此中又引伸另一個更大的問題，不論是港台員工，還是反對此項目的議員，其實在建築工程造價方面，既不在行又沒概念。這些議員似乎就只懂比較 60 是 16 的多少倍，並按此「邏輯」批評新方案削減 7.5 億元仍是削得太少。但 7.5 億元已是 60 億元的八分之一了，究竟總數要削多少，議員

才肯收貨？削一半就夠嗎？

如果議員永遠只由 16 億元這個數字出發，那即使削減 50% 至 30 億元，也較原來 16 億高近一倍，是否還是太高？

解困之道在於正面處理「膠着點」，而非在「空間標準」和「削減百分比」這兩大主觀問題上團團轉。而這個「膠着點」既來自建制派「無指標壓價」，也出於港台一直只強調自身需要（我們很慘！長期沒地方用，更要在危險品旁辦公，我們需要空間！），而並無向市民解説，新大樓會為香港帶來甚麼效益。

另一方面，泛民以負面論述（即批評政府不接受新大樓要用 60 億元，旨在陰乾港台，打擊言論自由）來撐港台，其實作用不大。因為相對「16 億 vs. 60 億公帑」這個清晰的金額陳述，「言論自由」本身難以量化，難道 16 億元變 60 億元，等同言論自由多了 3 倍多？那 60 億元變 53 億元又是否等於言論自由少了八分之一？肯定不會吧。

如何解困？港台必須令公眾得知新大樓對市民有甚麼益處，單純承諾港台要新大樓來繼續製作好節目，效果不彰，因為市民會認為「製作好節目」是港台的份內事，現實亦不容港台在沒有新大樓下胡亂製作劣質節目。若要令公眾對新大樓有期望，不妨想想以下三個別具創意的想法。

第一，開設視像聲音檔案資料館。港台圖書館資料齊備，何不把新大樓塑造成一個「視像聲音檔案資料館」，讓公眾借閱資料？相信港台現有的檔案，對學術研究，以至傳媒及文化產業的發展，必定有極大幫助。

第二，電視與電台合作。兩條團隊可如何融合？例如，受中產大力支持的古典音樂第四台 (FM 97.6)，能否在新大樓內和電視部結合，升格成為「文化藝術電視頻道」？此舉既可推動本地藝團發展，提升社會質素，亦能為西九文化區培育客群，功德無量。

第三，革新教育電視部。當年教育電視旨在以科技輔助教學，但在「人手一腦」的今天，教育電視部是否應該重組，在新大樓內轉變成「e- 學習支援中心」？成功的話，或可削弱教科書出版商勢力，從而間接遏抑教科書加價趨勢，一眾家長定當支持。

以上建議能爭取創意業界、中產人士和家長支持，卻不直接牽涉政治。也許有人會因而指控，這是要令港台「去政治化」。但糾結於這等水平的政治陰謀論，新廣播大樓定必興建無望。

底線分析

另一種常用的分析答案手法是「底線分析」。這種分析方法較適用於牽涉「意識形態」爭論的議題，各種不同類型的持份者，只會想盡辦法鞏固自身權益，但純粹概念上的解決問題方法（例如以「讓年輕人有更大空間」作為「如何發展香港」的答案），總會令某一類持份者感到較不利（如「提供更大空間」只會幫到已「上樓」或那些被指有所謂「父幹」的年輕人）。與其專注於某一方可能獲得更多，而另一方較不利，不如檢視那些看似很合理的「答案」，會否因為逾越了其他持份者的「底線」（即 bottom-line），而不應該被歸納為真正的解困方案。

以香港前途問題為例，在經歷一系列的抗爭和佔領事件後，有所謂「本土派」冒起，甚至從本土陣營分裂出所謂「港獨派」，主張完全否定中央對香港的實質治權，鼓吹香港自行獨立。另外在政改問題上，非建制派提出多種方案，從政黨提名到公民提名，從提名層面架空提名委員會，甚至取消提名委員會。以上兩個例子皆觸及並超越中央底線，因此任何違反「一國兩制」下的意見，本身便不應被視為「答案」。例子可見下文。

個案四

三種本土派

本土派主打暴力抗爭，於 2016 年年初一晚上在旺角引發大規模
衝突，輿論全面聚焦。其後，建制派自是一面倒全力打擊，但
傳統泛民三大政黨的取態，則是一方面譴責暴力行為，又同時
諉過特區政府，批評未有檢討小販政策。泛民此舉是把自己置
於更被動的位置，激進本土派如今不再被泛民邊緣化，而是把
自己看成是先鋒。從泛民為被補人士提供法律協助一事上，看
出他們將自己定位為「騷動者的後盾」，一旦非建制陣營形成了
這種前攻後守的狀態，此後社會運動的議題設定權，便落在激
進本土派手上，而泛民只能亦步亦趨。

客觀而言，泛民亦步亦趨、建制集體聲討，其實在局勢上只是
強化了現時二元對立局面，無助為香港解困。政治上出現二元
激化，結果總會令立場位於兩極的勢力，更易鞏固民意支持。
參照美國政情，在對付二戰時的軸心國、冷戰時的蘇聯、反恐
時的邪惡軸心，因敵我對立分明，故政客極容易凝聚跨黨派共
識。把層次降低，縮至小小的香港，也不難看出對立局面對政
客號召羣眾，可帶來極大幫助。像同年參與新界東補選的公民
黨楊岳橋，便以「香港人上陣」作為其選舉口號，強化敵我意識。

換言之，要扭轉升溫的局勢，並不能透過純粹硬性的措施（如大幅提升警力）又或是從經濟出發的軟性政策（像為年輕人提供更多出路及更易「上樓」）便能解困，因為這次是「定義本土意識」的比拼，香港人必須想通，到底要怎樣實質去「定義」香港的新角色，而不能再訴諸意識流的「口號」，像勇武、愛、和平、理性、非暴力。

在概念上，香港其實有三種本土意識，而現時輿論聚焦的所謂激進本土派，是 2009 年左右冒起的論述。雖然不少人經常把民怨全數歸咎於在位特首，但激進本土派的源頭，大概是 2009 年起由極為歧視性的「蝗蟲論」開始。現時本土派那種毫不理會是否政治正確、要罵就罵的搶攻風格，處處可見當年影子。

無視政治正確的風格，亦見於旺角騷動的召集人明言「不介意被標籤為暴民。」他們總用上同一種套路：(1) 本土就是土生土長；(2) 強調從沒享受過殖民時代的榮華富貴；(3) 因為不會移民，所以要盡力捍衛本地的一切。把這三點合在一起來看，激進本土派之主線可理解為「反正不會移民，所以不需要良民證；走不了，故須反抗。」在反政治正確的「後真相世代」，既然不用做良民，便不怕變成暴民，從而成就了「全力抗爭，守護本土」的理念。

以上這種本土意識，跟香港過去出現過的兩種本土思想十分不同。鄉事勢力由於經常強調「要捍衛新界人利益」，故也屬本土

派。不過「鄉事本土派」跟激進本土派的關鍵分別,在於鄉紳的傳統權益,受《基本法》第四十條明文保障。正因為鄉紳有不少既得利益,如有需要,當局總可從利益角度出發,換取鄉事勢力支持,從而達成某些政治目的。有既得利益及願意交易這兩點,是鄉事本土派跟激進本土派最主要的分別。

至於另一種本土意識,一般被稱為「獅子山下精神」,並結合所謂「中環價值」。這套想法包含殖民管治時期所鼓吹的競爭、速度、效率、專業等概念,而具體的展現是「執輸行頭慘過敗家」、買股票致富、移山填海、發展新市鎮等發達或發展模式。此派跟激進本土派最明顯之差異,是前者主張開拓,後者強調緊守。

相對激進本土派常掛在口邊的「無享受過殖民時代的榮華富貴」與「不移民」,抱持「中環價值」的人往往叫香港人向外望,要北望神州,也要有國際視野。是故他們會說:「若對香港如斯不滿,閣下大可移民。」這些人重視本土,是因為覺得在其他地方,他們將是「二等公民」。因此,當局通常只需要維持香港在國際上的地位或優勢(如稅制、版權條例),便能獲得這些「中環本土派」的支持。

比較之下,激進本土派既不交易,亦只向內望,所以「無數講」。要他們珍惜香港得來不易的現況相當困難,因為他們對今日的香港並沒有太多擁有感(ownership),於是便反過來只關注眼

前僅有的事物，因此多一個電視台、改圖受限、大學請人、街邊魚蛋等事情，都可以成為大型社會運動的導火線，繼而累積成為一種集體印象，籠統可稱之為「民怨」。

如何解困？只能以本土對本土，提出另一套本土論述，既不像「鄉事本土派」般捍衛利益，又或是「中環本土派」只懂叫人放眼世界，而是嘗試在香港創造共同發展空間 —— 融合「鄉事」的互保，及「中環」的互利，成為以互助互補為本的「協作本土派」，例如讓城市變得更環保，也令鄉郊發展與保育共融。

激進本土派既然選擇自行我路，泛民又何苦亦步亦趨，不斷測試底線？與其長期處於互相攻擊狀態，議員何不換個角度，試試擔當促進者的角色？監察政府固然重要，但除了批評之外，又能否同時找出改善整個城市的方案？除了妥協，能否共創？由下而上重新探索香港的核心價值，同時加深認識特區從上而下所獲得的授權權限，肯定較各方不停發炮，更能協助市民了解今日的形勢，尋找解困新出路。

另一個可闡明底線分析用途的「概念爭辯」，是應否因應市民在示威或公眾地方侮辱前線警務人員（或其他執法人員），訂定俗稱「辱警罪」。立法與否，重點應放在侮辱執法人員會不

會「損害法治」這條底線。

個案五

若訂立辱警罪　必須列為刑事罪行

有關辱警罪的討論，陷入了典型二元對立局面。支持一方被視為盲撐警察，而反對一方則被形容為存心犯法。留意雙方都以誅心論方式來批評對方的動機和用心，卻完全忽略訂立任何法律前必須探討的基本元素 —— 立法原意與可行性。

有關辱警罪的倡議雖然跟 2017 年判決的「七警案」有關，但該案只是再燃起爭拗的藥引，實際上在 2013 年前的「小學女教師粗口罵警」事件時，社會已有廣泛討論。因此，如果真的要為辱警罪立法，當思考其立法原意時，必須先考慮香港社會的整體變化，看看是否有需要訂立一條新的成文法（statutory law），藉此鞏固或彰顯一個社會的核心價值。因為在普通法制度下，我們不能單純從執行層面認為侮辱警察會令前線執法人員工作困難，便匆匆訂立一條新法例。因此思考的起點，必然是先釐清辱警罪的「立法原意」。

留意當年小學教師粗口罵警事件，文化界及學界均有人認為，粗口屬廣東文化中重要一環，因此老師乃在「弘揚傳統文化」，故警察未算受辱云云。若此論成立的話，那任何公職人員對市民喊粗口，則同一班文化人是否也應公開表揚所有「講粗口」的公務員，激讚政府公僕示範如何保留本港非物質文化遺產？

正因為連講粗口算不算侮辱也可以各執一詞，缺乏共識，所以坊間評論多數會立即跳到「受辱乃主觀感覺，故無從立法」的結論。有關如何立法和定罪的問題，則牽涉辱警罪的「性質」問題，這點會在探討和界定「立法原意」之後，下一步的重點分析。

此外，也有評論從政治層面出發，以「就辱警罪立法將進一步撕裂社會」為由提出反對。甚至有立法會議員認為，要訂立辱警罪的話，也要同時訂立「辱民罪」，從而令市民覺得公平。這類意見忽略了訂定任何新法例前，政府必須進行廣泛的公眾諮詢，如果在諮詢期間爭議不斷，在沒有共識下，辱警罪終究不能立法。因此，如果社會最終同意就此立法，其實是代表了香港整體之民意有一致的方向。相反，在尚未開始諮詢之時，便批評社會會因此撕裂，則未免太過武斷。

那麼，辱警罪之「立法原意」為何？為甚麼今天的香港要就此立法？要知道有沒有需要就辱警罪立法，便要先檢視現行條例，即《香港法例》第 212 章《侵害人身罪條例》第 36 條、第 228

章《簡易程序治罪條例》第 23 條，以及第 232 章《警隊條例》第 63 條中，有關抗拒或阻礙公職人員依法執行公務（俗稱「阻差辦公」）的條文，是否足夠維持整體法治？還是時移世易，現今條文已不能維持港人尊重執法人員的文化，繼而削弱公權力實踐，並傷害法治？

換言之，訂立辱警罪的關鍵，在於公眾認為辱警（或如何辱警）會削弱公權力兼傷害法治，而非單單為了方便警務人員辦事。此「原意」須在公眾充分討論並達致一定程度共識後，始可啟動立法程序。

接下來的關鍵，是辱警罪應該被定性為甚麼性質的罪行？受辱是不是單純為一種主觀「感覺」，令市民有機會隨時被告辱警？這方面牽涉舉證問題，而在立法層面，則視乎辱警罪本質上屬「民事」還是「刑事」罪行。

在普通法框架之下，但凡牽涉侵犯政府的罪行，都極難訂定為民事罪行，容許犯者罰款了事。試想想，難道有錢人因為付得起罰款，便可咒罵警務人員多幾句？

至於犯罪性質，也跟以上提到的立法原意有關。既然訂立一條新的成文法，目的是要彰顯「法治是香港核心價值」這個概念，其背後的精神如此重要，便更不可能定義為相對較輕的民事罪

行，讓人以為可票控了事。

推論至此，相信有讀者會擔心，辱警犯刑事？會否讓政府可輕易以言入罪普通市民，甚至造就政治打壓？這種擔心跟司法獨立，特別是法官如何判刑有關。當中尤其需要留意的一點，是刑事罪行要入罪，控方必須證明被告行為是一種可以排除合理懷疑（beyond reasonable doubt）的侮辱，也就是別無他意，旨在辱警；在有陪審團的情況下，此舉證要求更代表了需要大部分市民同意那是「絕對侮辱」，始能入罪，要求可謂極高，並不如反對一方所想般，很易便可以言入罪。

最後要補充一點，就是有關辱警罪可能引發的政治問題。正因辱警罪之舉證要求那麼高，成功入罪又如此困難，就算訂立了新例，相信亦不會如一些建制派的希望，能在短期內收移風易俗之效。畢竟立法只能避免辱警而傷害了法治，極其量只能令警民衝突減少、關係不再惡化、法治不再受損。但要把警民關係從不再惡化轉變為得以改善，則跟立法無關，因為立法在概念上，只是預防性的一個保護底線之舉措，而謀求進步卻必須透過其他途徑，例如修訂內部執法指引，令警方表現出更人性化的一面，以至提供更深入的公眾演説與溝通訓練。

合法性分析

合法性分析的核心是研究一個建議答案本身的可行性，尤其是法律上的可行性。因為若建議的做法本身不合法規，便已非一個可考慮或選擇的答案。所以在這裏先說說「合法性」和「可能性」，在性質上存在甚麼區別。

「可能性」可以天馬行空，不受任何法規法則約束，但是一旦實行起來，便會受到這樣那樣的掣肘，嚴重者甚至受法律制裁，所以只考慮可能性不單止不能解決現存問題，更可能會帶來更麻煩的新問題，浪費所有涉事人的時間和努力；「合法性」則不一樣，那是在「可能性」之上，考慮一個行動所要面對的法律和規則方面的限制，從而避免一開始走錯路的情況。

另外，需補充一點可能出現的歧義，是「合法性」並非英文中常用的「legitimacy」，這個政治學詞語也同時被翻譯成認受性、正統性、正確性或合理性，乃是指作為一個整體的政府被民眾認可的程度，而當中「合法性」的「法」並不特指某一個「法律」或「法規」。

在「解困新聞學」中，合法性分析是指要衡量每一個解困答案，是否合乎某一個特定層面的法律。特別是在時事分析當中，經常會聽到議員和輿論認為答案就在「政府要嚴厲執

法」，這時便需要以「合法性分析」比較不同答案，清楚列出究竟爭議所牽涉的法例為何。

例如，天水圍非法棄置泥頭的問題，不時困擾附近居民甚至執法當局。問題在於現行法例下沒有規管私人設置沙倉的有效管理法規，所以鄉紳大可在個案被投訴時，勉強作一些臨時措施敷衍了事，令事件沒完沒了。但從解困角度來看，當局又是否完全沒法子解決問題，奈何不了鄉紳？

個案六

泥頭山解困　須對鄉紳動真格

自 2007 年開始，天水圍嘉湖山莊對面的「泥頭山」不斷成傳媒焦點，甚至曾經有立法會議員到該處聲援反對鄉事勢力破壞環境的示威活動時，出現「瞓地」阻止警察拉走示威者這一幕。其實此「泥頭山」在 2007 年有電台節目作「長期落地跟進」時，政府已要求負責人在泥堆上進行綠化及鞏固工程，以免有大量沙粒吹進對面民居，其時鄉事勢力也立即回應，種植了不少灌木，為求息事寧人。豈料後來該地灌木全被拔除，並又再傾倒泥頭及工業廢料，引發大規模的示威活動。

從整個新界的層次來看，天水圍非法傾倒泥頭問題，其實只屬「泥」山一角，但凡沒有發展潛力的偏僻地段，以至遊人鮮至的郊野公園，總有機會見到大量泥頭。宏觀剖析，事件背後牽涉更嚴重的政治問題，也就是如何撥亂反正新界各種長年累月的發展及生活問題，包括棕土（回收場、貨櫃場、露天貯物場）、荒廢村校、丁屋僭建等。「泥頭山」雖是單一個案，不過一旦了解當中執法有何困難，便不難理解其他有關新界的政治問題，跟此事有何共通點，從而找到解困出路。

天水圍「泥頭山」的事發地點，屬於私人土地，並一直以「沙倉」的名義存在。原則上，沙倉主要功能是用來儲存工程期間所用到的沙粒（如用來鋪設花圃）。根據現行契約，除非此沙倉正式停止運作，否則在沒有即時危險的情況下，政府的確不可擅進私人土地，將其強制封閉。

當然有人會質疑，明明是泥頭傾倒場，又怎可能狡辯為「倉」？留意事件關鍵在於現行並沒有獨立法例，訂明如何管理沙倉，因此要證明一個堆積大量泥沙的地方，在法律上不是「沙倉」，甚或只是控告有人「管理沙倉不善」，基本上極其困難。是故，2007 年時政府最終的權宜之計，也只可透過「有沙粒吹入民居造成滋擾」的環保理由，要求營運者在沙堆上種植灌木及鋪設草坡，以免沙粒四散之餘，也總算美化了光禿禿的沙堆，務求盡量減低對周邊居民的影響。

即使政府願意出硬招，以「堆沙有入無出」為由，大膽判斷此乃「偽沙倉」，並嘗試強行封閉，一旦對簿公堂，要在官司上擊敗鄉紳，恐怕仍是非常不易。因為只要有人派出一輛泥頭車，於兩個地點間來回運送沙粒，便足以證明「泥頭山」具有「沙倉」用途。正因方法簡單，政府才會多年蒐證，仍不知從何入手。

如何解困？方法有二：

其一，是依循舊路，要求營運者短期噴漿加固、長期種植灌木，但鄉紳們即使已屆限期，仍往往不願行動，只派工程車壓平泥土，降低沙堆高度至低於 50 米，並減低沙堆的斜度了事。直至當局進一步施壓才會緊急噴漿。雙方只求酌量處理，卻並不打算完全解決問題，只望最後傳媒不再熱烈跟進事件。

其二，是政府指沙堆含大量廢棄車胎和垃圾，擔心單靠工程車壓平泥土，仍有傾瀉風險。政府於是可以公眾安全為由，委派承建商清理垃圾後再做平整工程，並向該地段業主收取相關費用。也就是政府主動出擊，向鄉事勢力施展下馬威，展現適度有為。

若特區政府繼續依循舊路，放軟手腳，新界各區均有大量棕地，因此也只會越來越多「泥頭山」出現。不過，政府亦非沒有誘因跟鄉紳正面硬碰。反正鄉事勢力也要在政治及經濟

上，同時尋求最大利益，尤其會全面阻撓政府各種針對違例發展的措施。為免夜長夢多，不斷監察和檢控，特區政府也可選擇跟鄉霸劃清界線，強調願意協助守法的鄉紳推動「鄉郊發展正常化」，透過了解棕地分佈，按每幅地的情況，逐幅找出改善環境的方法，也許才是終極解困之道。

與上文相關的另一課題，是新界長期以來規劃困難，但傳媒報導卻把焦點放在所謂「官商鄉黑勾結」問題，認為此乃造成某些地段出現發展阻力之原因，更透過新界橫洲發展的爭議，引起受眾產生激烈情緒反應。

不過，如以合法性分析來探討政府規劃手法，便可理解為甚麼當局往往得「先收非法使用土地，才收合法土地」。但若想把政策轉為「先收醜陋棕地，再改善優美綠化帶」，又可以怎樣做？從解困角度出發，方法是以更科學的方法做「摸底」諮詢。

個案七

科學化摸底　免橫洲發展走數

坊間有輿論認為，是「官商鄉黑勾結」令橫洲未能充分發展而使建屋目標大減，問題是一直也未有任何實質證據。從解決房屋需求的角度，重點該是如何令政府落實「興建 17,000 個公屋單位」的承諾，而不是先發展 4,000 伙便走數，令戶數太少而間接把將來落成的「橫洲公共屋邨」變成「孤島」。

政府打算在橫洲興建的 4,000 個單位，只影響在綠化帶內一些寮屋村落，而不涉棕地（主要是已荒廢的工業用地和遭破壞的農地）。若純粹從「合法性」的角度分析，這種規劃手法倒未嘗不可。綠化帶基本上沒有住人，即使有，寮屋亦屬非法僭建，故政府先收回非法佔有的土地，下一步才跟棕地地主（即法律上有業權者）周旋，是可以理解的規劃手法。

然而，好些可以理解的發展方法，卻並不是理想的規劃模式。因為，現時不少住在綠化帶的寮屋村民，有些是從事耕作的本地農民，故相對比較愛惜土地及鄉郊環境。反而許多有業權的棕地地主，卻嚴重破壞環境，甚至存放有毒物質，污染土地。由此角度分析，則橫洲先興建 4,000 個單位，便等同先破壞環

境較美的綠化帶，卻未打算收回遭受破壞的棕地。

根據現有政策，鄉郊發展方向竟然是因為法律限制，而必須先剷走美麗綠化帶，並反過來保留污染地段，從而令整個橫洲在未來建成那 4,000 個公屋單位之後變得更醜，試問這種做法又是否合理？

橫洲事件突顯新界長期以來的規劃困難，政府應該「先收非法使用，再收合法土地」，還是應「先收回醜陋棕地，再改善綠化帶」？

固然事情尚不止如此二分，因為即使是有合法業權的鄉紳，強佔鄰近官地的例子也屢見不鮮；至於村屋僭建又無向政府登記要求寬免，更比比皆是。加上鄉紳總有一套說法，來解釋種種違規行為，例如說此乃新界人的固有生活方式，甚至傳統權益。客觀結果，是政府在處理被非法使用的土地時，往往營造出「只對付無權勢小農民，不敢碰傳統鄉紳」的欺善怕惡場面。

留意以上分析，其實並非純粹關於新界人的公眾形象問題，當中牽涉實質收地賠款的利益。因為，每個地區都必定有「公屋 vs. 私樓」比例的政策規定，過去大概是各佔一半，而新界東北發展則提高公屋的比例到 60%。換言之，橫洲若短期內只可興建 4,000 個公屋單位，則這段時間的私樓供應，上限約為 3,000

至 4,000 個單位，如是者，則橫洲的私人屋苑便可被包裝成「罕有地段的新界豪宅」，眾鄉紳們要向政府以外的發展商就收回鄰近的棕地開價，便可以開高一些，跟橫洲原先打算供應過萬單位而不再矜貴的情況，收地價完全不一樣。

特區政府強調「無放棄在橫洲興建 17,000 個公屋單位」，某程度上是希望以遠程建屋目標（即公佈該區最終有多少房屋供應），從而間接打擊鄉紳嘗試對外開天殺價，抬高附近棕地的收地價。

從城市規劃角度分析，若興建 4,000 個公屋單位實際上只是在廣闊的醜陋棕地中間，開設孤零零的一個小型公共屋邨，將來要人搬進去亦相當困難，唯有透過落實興建 17,000 個公屋單位（即大約四個公共屋邨），方可以有羣聚效應（critical mass），來進行全面性城市規劃（comprehensive town planning），即既收回綠化帶的寮屋，也收回棕地，全面重繪橫洲之面貌，始可以有理想的居住環境。

話雖如此，要做大規模的城市規劃，須收回的土地眾多，但負責地政的官員，不論是局方還是署方兩個層次，均是「流水官」，政策局的官員在位幾年便會自動被調去另一政策局；即使是負責執行問題的地政署官僚，每隔幾年也會調任別區。愈大規模的收地計劃，然後整區重新設計，愈難有官員可以由頭跟到尾。在公屋供應嚴重短缺的現況下，從實際角度出發，每次做小規

模的公共屋邨規劃，確是比較容易落實，以解燃眉之急。

現在新界發展的兩難在於：

- 社會應該接受官僚體系的限制，只求短期增加房屋供應，而令鄉紳獲利？
- 還是要以長遠規劃為基礎，全面完善橫洲規劃，才一次過收回綠化帶及棕地，但結果卻造成阻慢公屋落成的客觀效果？

以上取捨，正是香港整體社會都需要急切正視及回應的長遠規劃問題。

如何解困？基本方向是修訂現行法例以強化有關城市規劃的諮詢機制，具體做法至少應該讓「摸底」變得科學化。現時「摸底」的方式，只有面談環節，沒有記錄，一旦官走茶涼，新上任者又要重新再摸，全無效率，更遑論長遠整體規劃。至於所謂「科學化摸底」，就是有一套完整的機制，甚麼時候、用多少時間、問哪些問題，全部有規有矩，更要立法規定幾時才可公開，這樣即使是流水官，責任不離身，起碼也不會走數了之。

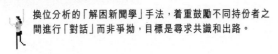

換位分析的「解困新聞學」手法，着重鼓勵不同持份者之間進行「對話」而非爭拗，目標是尋求共識和出路。

換位分析

換位分析就是以他人的角度思考問題，即英文諺語謂之：「Put oneself in somebody's shoes」。設身處地將自己代入其他持份者的角度，設想同一問題，從而尋求政治上更有可能出現的「最大公因數」。

其實在公共關係（在「後真相年代」一般被網民謔稱為「關公」）的領域裏，也會強調我們要習慣置身於不同的公眾心理位置去觀察、思考和體驗問題，始能找尋一個機構跟公眾溝通之最佳方式，以解決機構與公眾之間的深層次問題。否則，若一個組織以「自我」的位置為中心，不站在公眾位置去體諒一般人的處境，又不理解市民的心理狀態，更不管大眾的心理反饋和要求，莫說解決任何問題，就是重要的公眾溝通和信息交流也無從說起。

換位分析的「解困新聞學」手法，着重鼓勵不同持份者之間進行「對話」而非爭拗，目標是尋求共識和出路。

試舉一例，近年內地自由行小孩經常被拍得隨街小便的片段，放在網上被人瘋傳和圍爐取笑，繼而責罵，甚至造成所謂的族羣矛盾。但只要細心想想，很多爭議之所以無謂，正是單單笑罵而無解決眼下的問題。因為事件中不同持份者的

做法，並不一定有邏輯衝突，只要嘗試用別人的思考方向看問題，例如想想內地小孩為何隨處小便，除了習慣問題，更大可能是其父母不知就近洗手間的位置，所以旁人的善意指示，甚或有人提出「廁所指南」，其實對解決問題更有幫助。

個案八

治隨街便溺　包容以外可做甚麼

小便從來不是小事，更經常是國際新聞，例如，《金融時報》多年詬病印度的人均廁所比率，原來比其人均手提電話比率還要低。又例如，新加坡政府 2013 年在聯合國第 67 次大會上成功推動 122 個成員國，支持訂定 11 月 19 日為首個「世界廁所日」（UN World Toilet Day），以紀念 2001 年新加坡舉行世上首屆「世界廁所高峰會」，並成立了另一個「WTO」——World Toilet Organization。這絕非惡搞之作，而是各地政府極為認真地去研究廁所對社會影響的一個交流平台。

正因如此，內地小童在港便溺一事，成了《華爾街日報》的專題，又在 2014 年的時候持續一星期成為香港傳媒關注點，小便絕非小事一樁。可惜，坊間討論的兩種觀點，都並非解困之路，

而一般的回應也往往只會引發更多問題及爭拗。

觀點（1）：支持內地

小童自己控制不了，才忍不住在街上便溺。香港竟然有人把便溺過程拍下來，既小題大做，亦欺人太甚，完全漠視小孩心靈與私隱。

一般反駁：拍攝旨在留下證據，且小孩始終是在公眾地方便溺，哪有私隱可言？

觀點（2）：支持香港

有內地旅客在香港大街小巷便溺，所以要限制自由行。

一般反駁：沒有自由行，香港經濟會受到嚴重打擊，故此香港人要包容。

觀點（1）最大的問題在轉移目標，並企圖以小孩子的純真去掩飾其過錯。事實上，在街上便溺不論是兇神惡煞，還是天真無邪的人，一樣犯法，會被罰款。當然，反駁一方辯稱拍攝只為搜證，也很難站得住腳，大部分人拍攝內地小童隨街便溺，相信只為放上 Facebook 或 Instagram 以跟別人討論，嘲笑奚落一番。

至於觀點（2）最大的問題則在於過分簡化情況，並以為只有一

刀切手法，方可解決問題。限制自由行不可能是答案，因為減少內地旅客數量，不一定等於會不再見到小童在街上便溺，當中並沒必然的邏輯關係。（唯一能夠完全制止這種狀況出現的方法，就只有全面禁止內地小童訪港，但相信支持這種極端手段的人不多。）固然，回應一方要求港人「包容」，也真是廢話，試問誰可忍受繁華鬧市中屎尿長流、糞液齊飛？

如何解困？儘管以上兩種觀點與回應均有很大問題，但其實在觀點 (1) 和 (2) 之間，存在着解困的空間，而兩者的「公因數」如下：

〔A〕街上不要再有大小二便；
〔B〕內地人仍想到香港旅行，但不想遭到歧視和指罵；
〔C〕港人想賺自由行旅客的錢，但想減少他們對自己生活上所造成的不便。

事實上，內地《南方都市報》便綜合了上述三點，炮製出一個「解困式新聞」報導，方法是推出「香港尋廁指南」，例如指出「光顧」絕不拒人於廁外的五星級酒店洗手間，總好過詢問不會借給非顧客的茶餐廳廁所。《南都》的編輯撰寫這個專題，相信既希望內地旅客在香港旅行時更方便，亦不想他們出醜而令港人加深對中國人的負面印象，較口誅筆伐港人不應這樣那樣正面得多，也有效得多。

如果以解困為目標，除了包容以外，香港其實還有很多具體措施可以做。其中一個方法，是政府每逢週末或旅遊旺季，可以創造一些短期職位，目標主要是招攬一些在偏遠地區找不到工作的新移民和內地青年人，擔當市區旅遊大使，專責提醒內地自由行旅客不要隨處便溺，並指引廁所及各區景點何在。

旅遊大使一職既能鼓勵偏遠地區的新移民就業，亦令他們有機會到市區一開眼界，長遠更可能透過這些短期職位引領他們走出綜援網，可謂一舉數得。況且，由新移民擔任大使，彼此同聲同氣，也可能較土生土長的香港人更合適，內地旅客自然更樂意向他們查詢，總比問一些不諳普通話的港人，還隨時要受氣好。

除政府以外，香港人也可考慮多走一步為自己解困。與其這麼有耐性花三分鐘拍攝整個便溺過程，何不走過去向旅客指明廁所在哪？怕跟人口角？那這三分鐘其實足以讓你在旅遊區找到食環署職員處理。要留意，警方的確不是負責處理糞便的政府部門，所以大叫「有人隨街方便，快報警拉人」者，即使未致浪費警力，也只能作情感宣洩，實不能實質地解困，令地方更乾淨。

另一個比較容易引用換位思維方式的議題，就是由社會學教授呂大樂早年提出的香港四代人觀念所引伸的所謂「世代之爭」。當中包括如何解決年輕人的就業和置業問題，還要照顧他們的政治訴求，這些都是政府首要拆解的問題，而不能再以簡單的一首流行曲《獅子山下》便能解套。

至於具體解決方案，是除了強調經濟發展外，試圖以農業政策革新，回應部分新一代抗拒「發展是硬道理」的心態。關鍵是讓新、老兩代人放下對着幹心態，而由青年角度去設想問題，並以實際政策回應。

個案九
農業不單是經濟政策　也是青年政策

為甚麼把看似無關的本地農業政策，從民生經濟層面連接上政治層面之青年政策？因為，本地農業政策勢將突顯三大社會矛盾，是一個不可不察及不拆的政治炸彈。

(1) 產業 vs. 生活
特區政府的農業政策諮詢基本論調，是「香港農業土地有限」。

官員強調政府既不會轉換合適耕種土地的現有用途，也不會施肥灌溉提升土地產能，更不會主動覓地開闢農地。也就是說，官員似乎並非希望透過增加土地普及農業，令市民親近土地成為一種主流的「生活態度」，並讓整個城市的發展更多元化。

換言之，政府所謂的新農業政策，主要還是思考如何保住現有農業，令其進一步「產業化」。而要取代傳統方式耕種，官員自然指望發展「垂直農業」，亦即在工廈內以水耕方式生產蔬果。事實上，蔬菜統營處與漁護署早在 2012 年底，已合作設立香港第一所「全環控水耕研發中心」（稱為 iVeggie），目的是「示範有關的先進水耕技術和設備予業界及其他有興趣的投資者」（政府公告原文）。既明言「投資者」，政府當然希望把這種新科技農業產業化，卻不用公帑直接推動，而要借助外力。問題是，過去數年工廈價格上升不少，到底政府要提供多少誘因，始有投資者願意在工廠中種菜？而除了財團及工廈大戶外，誰又有經濟實力出錢投資？當政府提供大量經濟誘因時，又會不會激起民憤？

(2) 內地 vs. 本土

近年不少地方提出「新農業政策」的主要原因，是擔心進口食物有毒，加上原油價格波動，令食材質素沒保證。2009 年，日本推動全國復耕計劃，正因 2008 年的中國毒餃子事件後，日本人希望食物供應盡量自給自足。

香港其實在 1988 年也有個復耕計劃，且多年來每年平均有十公頃農地被復耕。但發生反高鐵運動後，備受輿論關注的菜園村村民，復耕一直波折重重，前後花了八年才可重建新村，可見這個推行了近 30 年的復耕計劃，幫不了需要幫助的農民。

特區政府不可能因內地食物不安全，所以要推廣本地農耕，也不會明言因基建發展，故要以搬村復耕作為金錢以外的另類補償。連這是應對「外在」（即進口食材安全）還是「內在」（本土意識提升）的基本政策方向也不明不白，試問能如何制定新政？

(3) 這一代 vs. 下一代
佔領運動發生後，不少年輕人嚮往開拓屬於自己的空間。他們不想在香港只能從事所謂支柱產業，而希望找出其他可能。由菜園村到新界東北到本土派急速冒起，反映新生代對於農業的期盼。中年人難以理解這種「耕田志向」，但強迫下一代認同上一代的「發展是硬道理」，而不提供其他出路，反抗只會更大。

如何解困？可以參考台灣《百大青農專案輔導＋青年從農創業貸款》及日本的《新農民獎勵》政策，皆把新晉農民塑造成身穿潮流服飾（例如 Uniqlo、無印良品）的社會未來希望，務農成了創立社會企業外，另一條有型有格、兼可改變世界的事業出路。反觀香港新農業政策到底有多新？當中包含了多少願景及期盼？

最後要提出的一點，是當推出滿佈矛盾、錯綜複雜的新政策時，官員往往將之修飾為「綜合性政策」。官腔所謂的「綜合」，即是「人人有份」，政策沒明確取捨，以免得失任何持份者。不過政策沒得沒失，就沒有方向，嚴格來說根本不算是政策。因此香港新農業政策，要令矛盾重重的政策可以破舊立新，重點不在於「綜合」，而是如何把不同產業與政策「整合」，始能解困。

總結而言，由於「解困新聞學」的第三個基本原則，是以「找到可以確實執行的最佳答案」為目的，因此本質上屬於「篩選性」。儘管以上四種分析方法牽涉一些比較複雜的技巧，然而，各自的道理卻可一言以蔽之：

- 成本效益分析　　　= 成本大過效益不成
- 底線分析　　　　　= 超越基本底線不成
- 合法性分析　　　　= 欠缺法律基礎不成
- 換位分析　　　　　= 不理對方感受不成

補充一點，有些答案運用以上分析方法後，確實仍可以在某段時間內「做得到」，但卻幾近必然不是長遠的「最佳答案」，故多數只能作短期「急救」之用（即英語謂之 quick-fix），且

往往好聽而不中用。而「解困新聞學」的三個基本原則加在一起，乃是以比較之後找出可以持續成功做到的最佳答案為根本理念，目的是抗衡「後真相年代」那種「說了便當成是做了」的荒謬心態。

第四部

解困新聞學
的未來

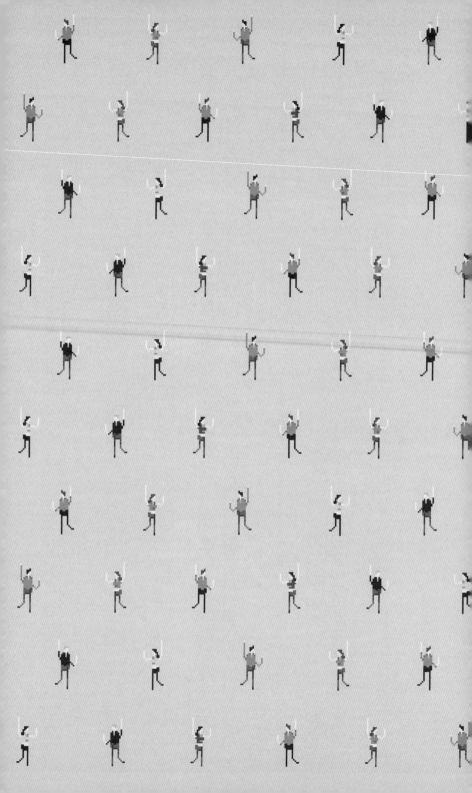

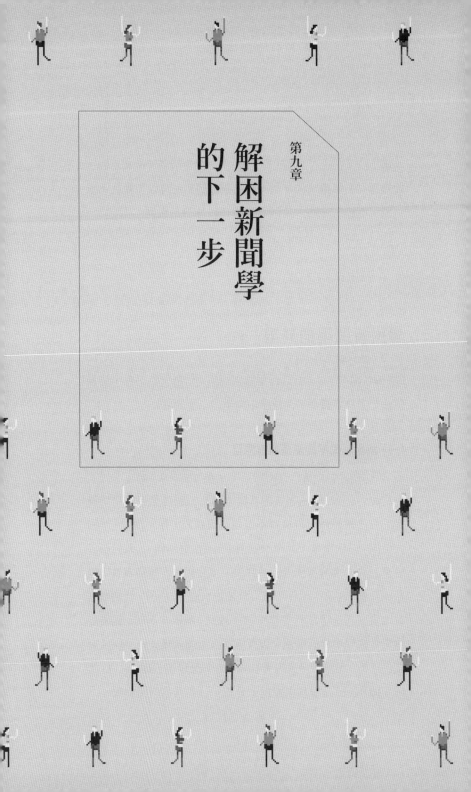

第九章

解困新聞學
的下一步

本書上一部討論了「解困式新聞」與一般傳統新聞有何不同，並能夠為受眾帶來的好處。在探討這個想法可以怎樣往下走之前，不妨先反思一下「解困式新聞」本身的限制。

解困新聞學的局限

「解困新聞學」以「引導受眾尋求答案」作為核心思想，這種想法勢必為這類型新聞故事帶來至少三種局限：

（一）解困新聞不能涵蓋所有題目

經常會有人問：「萬一找不到答案，那『解困式新聞』又可怎麼寫呢？」無法尋求答案的新聞（如誅心論），又或是得出答案的方式被硬性規定導致不能創新的新聞，便不屬於「解困式新聞」這個領域。其中一個例子是「法庭新聞」，雖然很多時事評論會推演各種可能的判決，可是從解困角度來看，這類新聞的「答案」只有一個：對被告來說，「解困」就是法庭有裁決，其他可能性並無意義。故此「解困式新聞」從來不會報導法庭案件的進度，以及不同人士的證供如何。固然有裁決以後，相關案例對現有答案會有甚麼變化，則可以用「解困新聞學」的三個基本原則來分析。一如其他新聞範疇，不

是所有題目也能夠套入解困角度而成為「解困式新聞」，正如一宗新聞若跟科技無關，便不屬於科技版新聞一樣。

不過……
「解困新聞學」從不愁沒題目，畢竟發掘問題的速度，肯定比能找到答案快得多，世上要跟進的新聞實在多不勝數。正因如此，假若所關心的議題近日沒有「爆出」甚麼新聞，不妨找找那些過去獲高調報導，但至今仍未有答案的故事。從解困角度出發，必定能在茫茫的所謂「老大難」問題中，找到認為嚴重的課題分析，繼而找出答案。換言之，「解困新聞學」可透過覆查過去未獲解困的問題，拉闊其所涵蓋的課題範疇與知識面。

(二)「解困式新聞」只能被動跟進
先有問題，才有答案。「解困式新聞」永遠要根據已出現的問題始可跟進，列舉不同可能性後，再嘗試找出答案。換言之，「解困新聞學」難免讓人感到十分被動，甚至報導會落後形勢。

不過……
正因為不用跟同期的時事爭一日之長短，「解困式新聞」反而可掌握自己的步伐和節奏，不需要被最熱門的題目牽着鼻子走。從這個意義上看，「解困式新聞」則肯定不屬於「反應性」

新聞，它不必在傳媒互相競爭的情況下，被迫「人有我有」。另一方面，可以說一見到問題出現便立即搶着報導，才是一種本能反射式的「被動」行徑；而積極為問題找出各種不同的解困方式，始為孜孜不倦的「主動」出擊。

(三)「解困式新聞」不會突發

不少記者往往以揭發大新聞帶來自我滿足感。若你亦以此為推動力的話，那麼「解困新聞學」不一定適合你。因為世上縱使有許多問題在瞬間爆發，甚至成為全球熱話，但其對應的答案卻總要醞釀和籌備很久。因此，很多優秀的「解困式新聞」故事，往往也要經年累月方能完成，幾乎肯定不會令人有「爆」的快感。

不過⋯⋯

如果你享受發掘的過程，又或喜歡偵探推理故事，則「解困式新聞」那種尋根究柢的本質，也應該會令你感到興奮。特別是許多「解困式新聞」故事會剖析問題當中的思考陷阱，並附上實踐時的障礙。把這些陷阱逐一拆解，再一次又一次跨越種種現實障礙，到最後能夠看到答案如何能幫助別人解困，那會是另一層次的滿足感，相比起爆發所帶來的刺激，解困讓人感到快慰的時間，往往持久得多。

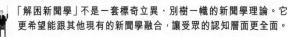
「解困新聞學」不是一套標奇立異、別樹一幟的新聞學理論。它
更希望能跟其他現有的新聞學融合,讓受眾的認知層面更全面。

解困新聞學的融合發展

「解困新聞學」不是一套標奇立異、別樹一幟的新聞學理論。
它更希望能跟其他現有的新聞學融合,讓受眾的認知層面更
全面。如果説大部分新聞學都因為傾向發掘問題,所以是啟
動一個新聞故事的「序章」,那麼「解困新聞學」便是以答案
作總結,讓受眾得知這個故事的「結局」。

(一) 偵查式新聞 × 解困新聞學

偵查式新聞透過深入調查,揭露問題的核心,令社會知道在
表象之下,原來有不為人知的問題。可是許多時候,大眾震
撼過後,往往只專注於即時可用來「舒舒氣」的手段,或是一
些治標不治本的答案。最常見是要求官員下台,但下台後卻
沒有改善制度,從系統結構上去根治問題;又或是立法會議
員成立獨立調查委員會,但通常隨着時間過去,議員的專注
力逐漸消失,最終報告出來的建議只是老生常談,遑論監察
實際上執行的情況。

「解困新聞學」正因不想浪費偵查式新聞的努力,故堅持長期
跟進。其中一個手法是應用「解困新聞學」的第二個基本原
則——盡量列出所有可能性。除了狠批被揭發的事件中有甚
麼問題外,再加上跟其他方法比較,便可進一步展示問題的
嚴重性。例如,傳媒揭發某醫院因為沒有參考最新指引,而

漏開了類固醇藥物給病人，但其他醫院的做法如何？出錯較少的醫院如何強化「醫、藥、護」之間合作？又引入了甚麼方法改善系統？

（二）民間狗仔隊 × 解困新聞學

民間狗仔隊猶如全天候流動監察系統，記錄了這個城市的一舉一動。如果能善用這些「線眼」發現問題，將有助盡快找出答案。

例如，因應很多人會把所住社區環境欠缺管理的地方，拍照放上社交網絡，美國社企 Code for America 於是研發了一個應用程式（App），讓市民除了拍照投訴外，還可以自訂「公眾諮詢」。方法是容許上載照片的人加入問題，收集地區意見。像有居民不滿街口轉角公園花卉凋零，他拍照上載後還可加入問題要求受眾回應，如該處種植甚麼花朵最合適，然後程式會把得出的答案自動畫成圖表，讓拍照者可以向相關部門和議員提交小型「民意報告」。畢竟對居民來說，對着那幀照片埋怨只屬發洩，而改善公園環境才是答案。

（三）沉浸式新聞 × 解困新聞學

沉浸式新聞認為以第一身來敍述事件，可以讓受眾有親歷其景的感覺，從而更能夠體會問題的嚴重性。不過把感觀認知放大後，受眾即使產生更大的情緒反應，但對於有幾多種方

法可解決問題，卻沒有更深入的認識。例如，英國有人曾經把強姦受害者從鼓起勇氣離開家門至報案落口供，再由認人到出庭時的各種遭遇和其間的心路歷程，寫成第一身沉浸式新聞故事，目的是要受眾知道，現有制度的冷漠（如警務人員要求事主覆述案情以至提供物證，還有到達法院時的對待），令受害者猶如第二次受到傷害。

「解困新聞學」第一個基本原則是要「先清楚定義一個問題」，而沉浸式新聞的寫作手法正好讓我們得以更準確聚焦。若把問題清楚定義為「減低受害者的痛苦」，則答案便會截然不同。對此，英國警方已重新設計專為性侵犯受害者使用的「家居型」報案室，並培訓警員學習具備同理心的詢問技巧。若然能透過沉浸式報導，說明兩種不同報案情景在細節上有何分別，並以第一身作出比較，則可讓一般人明白改善空間對保護受害人的感覺，原來差異可以那麼大，並可引發其他地方參考，從而達致為社會解困的效果。

(四) 公民新聞學 × 解困新聞學

依靠民眾「報料」作為主流新聞報導，是今天許多傳媒平台加入公民新聞學的模式。然而，多數傳媒只是運用公民新聞學來強調其支持者眾，又或以此突顯這是其他傳媒沒有的照片或片段，卻完全沒有解決困難的部分。

融合公民新聞學和「解困新聞學」的方法，是讓公民對於答案本身有擁有感（ownership），也就是認為自己亦屬於「答案的組成部分」。例如，2011年美國波士頓遇上雪暴，新聞報導指大雪遮蓋了路邊的水龍頭，於是消防員抵達災場，也要先花時間找出水龍頭位置，因而阻慢救援。固然，市民可要求市政府派人定期剷雪，但礙於人手有限，大雪後也來不及一次過處理那麼多被雪遮蓋的水龍頭。被是有社企發起「助養水龍頭」（Adopt a Hydrant）計劃，讓市民透過應用程式（App）自願登記，承諾負責清理自己街角水龍頭旁之積雪，從而令整區居民得以安心舒困。事件以「解困式新聞」報導後，其成功模式隨即被不少下大雪的州份複製。

（五）戲仿式新聞 × 解困新聞學

戲仿式新聞的搞笑內容，多數是嘲弄現行政策的不濟，又或是官員和議員們所提出的一些解決方案，原來充滿荒謬可笑之處。

不過從正面角度來看，這些另類觀點正好讓我們在運用「解困新聞學」的第三個基本原則 —— 亦即分析和比較各個不同答案時，可以有更多原創或以前怎樣也想不到的觀點以作參考。特別是這些戲仿式新聞也反映年輕一代對某些政策的看法，了解後或可篩選一些不合理且可能引發輿論反彈的答案，同時也讓各持份者知道，提出的建議有哪些地方會被人

誤解或扭曲，從而及早修正。

解困新聞學的專業發展

「解困新聞學」除了可跟現有不同的新聞學門派合作之外，還有甚麼獨立發展的空間呢？以下是讓「解困新聞學」向更專業方向發展的十種可能性。

(一) 解困刊物

目前有以狗仔隊為核心的刊物、有以倡議式報導為主的期刊，亦有以戲仿為賣點的雜誌，但以解困資訊為本的刊物，仍以協助消費者的內容為主，即比較電子產品、旅行優惠、飲食好去處等，卻尚未出現以「解困式新聞」為骨幹的綜合性雜誌。專注「解困式新聞」的期刊一旦出現，便可以成為培養一輩以「解困式新聞」為專業的記者以及專欄作家。

一本理念較相近的刊物，是 2006 年在美國創刊的《好雜誌》（*GOOD Magazine*）。該雜誌一年出版四期，以關注環保、教育、醫療、城規、科技、文化等議題為主要內容。雜誌強調成本由廣告費承擔，訂閱費會全數捐予慈善組織，而且訂戶

也有權指定捐款給哪個慈善組織。不過嚴格來説，這仍不算一本以「解困式新聞」為本的雜誌，而只旨在推廣人們多做對地球和社會有益的事。

(二) 解困專版

報章既然有財經版、科技版、環保版、親子版，將來可否設立「解困版」？以「解困式新聞」為專版，除了可用來培訓專業人才外，也可讓一份報章有「前鋒」也有「後衛」。前鋒負責發掘問題，後衛負責尋找答案，從此，報章製作的新聞特輯將會以一種「前後兼顧」的新形態出現。

(三) 解困頻道

第四章介紹的《言論自由行》，已經分別在商業電台和無綫電視，製作以「解困式新聞」為本的時事節目。再進一步，能否像一些以科學、歷史、旅遊、飲食為主題的頻道，開發以「解困式新聞」為本的頻道？事實上，現時 YouTube 已有很多教人解困的短片，但能否把這類型視象的內容集合在一起，製作一個「解困頻道」？

(四) 專業課程

任何專業發展總得依靠教育。在高等教育方面，可以提供專業課程，讓有志從事新聞行業的年輕一代，知悉「解困新聞學」的原理，推動這個想法的專業發展。此外，也可以發

展一套深造課程，連同一些嶄新的報導技巧，包括數據挖掘（data mining）、資訊圖像（infographics）、極短版剪輯手法（supercut video clip）等，結合而成為短期課程。

(五) 通識教學

「解困新聞學」的另一個教學對象，是教授「通識科」的老師。運用「解困新聞學」的三個基本原則之技巧，包括如何清楚定義問題、列出各個可能性的方法，及比較答案的方式，均有助通識科老師啟發學生，並闡明分析時事需要留意的地方。從長遠角度來看，這也是一個「培養受眾」（audience grooming）的工程，讓下一代習慣在看新聞時，記得留意找出答案。

(六) 學術研究

任何一個有系統的想法，如果要發展成為一套學說，不得不進行深入而嚴謹的學術研究。事實上，偵查新聞學的不同範疇研究，早已化為許多學術論文，更有相關的學術研討會。「解困新聞學」如要發展到這個地步，尚有極為漫長的道路，但現階段也可以此為今後發展的目標。

(七) 數據分析

隨着大數據年代來臨，現時要尋找答案，尚可透過分析大量網絡與社交網絡的數據，找出新的可能性。不過，若要開發

這個可能性，便需要吸引一些數學、精算以及運算方面的專門人才，加入「解困新聞學」的行列；又或最低限度，推動「解困新聞學」的人有必須提升在「數據挖掘」方面的認知。

(八) 金融科技

現時「解困式新聞」的故事內容，以報導世界各地的社會創業家 (social entrepreneurs) 為主，又或是以解困角度寫作時事評論。「解困新聞學」的另一個專業走向，是投放時間與資源研究最先進的科技 (如區塊鏈，即 blockchain)，然後列出各個在生活層面能夠應用這類尖端科技的不同可能性。此舉的目標，是令「解困新聞學」打入金融業界，讓專業投資者和管理顧問認識這個想法，並成為協助他們創投 (或發掘投資機會) 的其中一種工具。

(九) 區域網絡

除了縱向發展，「解困新聞學」也可作橫向發展。方法是擴充網絡，吸引世界各地越來越多的自由身記者及網絡 KOL，支持以解困方式報導和寫作。像「解困新聞學」先驅大衛・柏恩斯丁便於 2013 年連同兩位女作家創立「解困新聞學網絡」(Solutions Journalism Network)，所建立的傳媒網絡以美國為主。同類型網絡可以由香港向亞洲各國推展，也可到國內推廣，對應社會與經濟同時急速發展的中國大陸。

(十) 解困新聞獎

透過嘉獎優秀的「解困式新聞」故事，也可讓所有新聞從業員更清楚知悉，「解困式新聞」到底有甚麼要求，以及這類新聞故事在取材和結構方面，要達到哪幾方面的標準。另一方面，設立獎項也可引進良性競爭，讓支持「解困新聞學」的人增加鬥心，邁向精益求精。除了時事新聞之外，「解困新聞獎」也可包括其他報導或製作模式，特別是非小說類書籍和紀錄片。在大學層面，也可在各個不同的新聞學院，設立「解困新聞獎學金」，以鼓勵學生多鑽研這個新想法。

以上十個想法，只是本書製作團隊在出版時想像得到的可能性。「解困新聞學」始終還是在起步階段，希望讀者提出更多新想法，一起推動「解困式新聞」邁步向前！

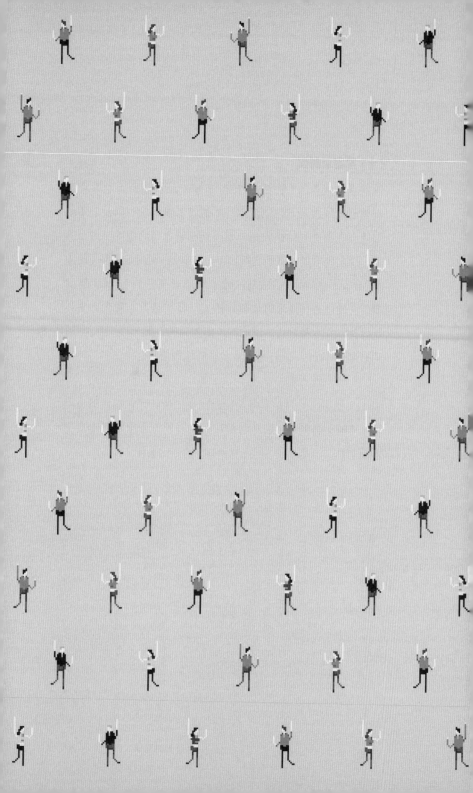

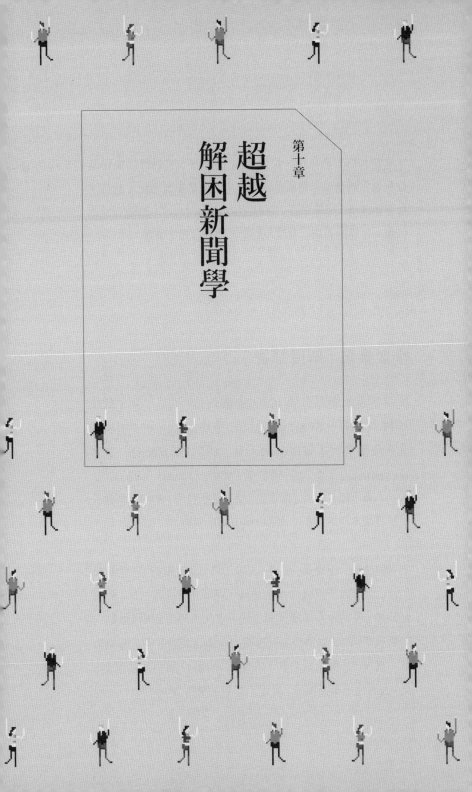

第十章

超越
解困新聞學

本章嘗試以宏觀角度，探討「解困新聞學」這個想法如何配合社會整體發展，特別是傳媒其中一個最主要功能，是為社會整體建構「背景知識」(contextual knowledge)，讓受眾透過傳媒所報導的新聞，嘗試理解世界如何運作和轉變。

全面推廣「解困精神」

坊間常用的背景分析 (Context Analysis) 方法，有 SWOT 和 PEST 兩種。SWOT 的中文為「強弱機危」，當中四個英文字母分別代表強項 (Strength)、弱點 (Weakness)、機會 (Opportunity)，而「危」則代表「威脅」(Threat)。SWOT 分析在本質上屬於一種「內省式」情景分析技巧，先向內探索，了解理論本身的強弱，再看外邊有何危與機。

本書的結構，正是從「威脅」出發，第一章先剖析了「後真相年代」對傳媒所構成的存在危機，隨即在第二章指出「解困新聞學」跟其他新聞學不同之處，並用大部分篇幅（由第三至第八章）闡明這個理論有哪些「強項」，最後在本書總結部分，審視了「解困式新聞」本身的「局限」（見第九章第 198 頁）及可進一步發展的「機遇」（即第九章第 201 頁）。

S	W
Strength 強項 **以解決問題為本**	Weakness 弱點 **跟進為主** (參考 P.198)

O	T
Opportunity 機會 **能廣泛融合** (參考 P.201)	Threat 威脅 **後真相年代** (參考第一章)

相對 SWOT 而言，PEST 分析在性質上屬於「外展式」，套用在「解困新聞學」的層面，PEST 主要用來分析所謂「解困精神」（Solution-based methodology）可以應用到哪些層面。也就是除了「新聞學」範疇外，還可引伸到的四個宏觀領域，包括：

P = Political =政治

E = Economic =經濟

S = Social =社會

T = Technological =科技

P Political 政治 **解困式辯論**	**E** Economic 經濟 **解困式傳訊**
S Social 社會 **解困式媒體**	**T** Technological 科技 **解困式教育**

（一）解困型政治（Solution-based Politics）
—— 由「解困式政策辯論」開始

香港的區議會和立法會是代議政制的舞台，但發展至今天，表演時間居多，議政時間太少。區議會便經常被批評，每名議員由於來自的選區太小，因此無大局思維，只顧小眾利益。而同樣論點也被用來批評立法會功能組別議員，認為他們總以保護商界或個別行業的既得利益為先，不願推動有利香港整體福祉的建議。然而，地區直選議員在比例代表制下，也何嘗不是只求保住約一成選票便算？於是，直選議員亦日趨以譁眾取寵手法，來突顯個人形象。

議員只看眼前利益，以立場先行（例如以「總之我怎樣也不信任政府」來反對一切政府的提議），亦不理會所喊口號實際上能否執行，那政局該如何解困？本書第七章便提供了由好至壞列舉答案的方式（第 136 頁），讓議員的論據不用左搖右擺，前言不對後語，只需在以下四條出路中選定一條，作其政策論述主張便可：

(1) 維持現行政策：議員同意現時的政策行之有效，根本不用改；

(2) 改良現行政策：議員同意現行政策方向正確，但要微調來配合環境轉變；

(3) 推出創新政策：議員反對現行政策，認為政府要用完全不同的手法處理；

(4) 完全廢除政策：議員認為相關範疇根本不需任何政策，讓市場或社會自行處理。

留意立場 (2) 和 (3) 要求議員提出具體做法，例如，哪方面需要調整、調整的力度，又或是新手法所牽涉的資源等。若所有議員也能以這種列舉方式來說明自己反對的理據，並提出替代方案，則今後便不會再有任何議員被冠上「為反對而反對」的罪名，香港能從此開拓以解困為本的政治新風。

（二）解困型經濟（Solution-based Economy）
── 由「解困式公關傳訊」開始

在自由經濟下，商業運作基本上以解困為本。市場出現的「需求」（demand），由各種「供應」（supply）來滿足，供求平衡，便算解困。

不過，社會對企業的期望不斷提升，特別是 2008 年金融海嘯之後，西方社會對資本主義的發展（尤其全球化的影響）有更深切的反省，且聚焦少數企業出現「大至不能倒」（Too big to fail）的現象，令許多人抗拒不同形式的商業「霸權」，導致有時某些商業決定或營商手法，會造成所謂「關公災難」（把「公關」二字對調而成「關公」此謔稱，有反面宣傳之意）。加上後真相年代，網絡只需片言隻語便可引致起鬨，企業傳訊經常只能反應式地防守，為營商帶來新的困難。

要打造「解困為本的經濟」，便要把本來只屬表面的公關宣傳手段，賦予實則的社會意義，即「解困式公關傳訊」（Solution-based PR）。具體方法可參考第八章提到的「換位分析」（第 183 頁），把原先只有利企業的行為，換個角度說明對其他持份者也有益處的地方。

其中一例，是電力公司轉換智能電表，原意是讓企業能更準確監控供電穩定性，並即時知悉用電情況，避免偷電，提升

216

電力系統效能。不過，電力公司還可透過轉換硬件的時機，宣傳「如何節能省電」，推介用戶設定「用電量預警」，在用電達限定水平前發出提示；再配合在炎夏時期，為用戶提供「非繁忙時段不用電」回贈優惠，改變市民用電習慣。其終極目標是推動「需求管理」(demand management)，讓全港市民更有智慧地用電，從而令供求達致更佳平衡，避免為應付用電量最高的幾個小時，不斷興建新機組，令電費持續攀升。

需留意，以上主張並不是說企業不應謀利，只不過如果宣傳的目標純為「自利」(self-serving) 的話，企業便要盡量避免公開展示，包括小事如店舖內出現的告示或服務員的態度，往往是「關公災難」，繼而引發企業危機。例如 2012 年 1 月位於尖沙咀的某意大利品牌時裝店，在網絡上被人傳出「限制本地顧客不可攝影，卻容許遊客隨意拍照」的消息，企業方面卻以「自利」方式回應：「善意勸阻攝影為防止櫥窗設計版權受侵犯」，結果引發店外出現連日大規模示威，最終企業還是要公開道歉，事件才得以平息。

公關者，公共關係也，只要不同類型的企業每次「搞公關」的時候，均主力說明對公眾的利益何在，而不是旨在維護公司利益，便能在新經濟之中解困。

（三）解困型社會（Solution-Based Society）
—— 由「解困式新聞媒體」開始

關於如何推動「解困型社會」，關鍵在於發展「解困新聞學」，以及有足夠數量接受這套想法的受眾，具體建議見本書主體內容，也可參考下一節「結語」部分。

（四）解困型科技（Solution-Based Technology）
—— 由「解困式學習課程」開始

「後真相年代」的其中一個重要推手是社交網絡。了解科技最新走向，推動解困型科技的發展，是應對「後真相現象」所帶來的各種後遺症之關鍵，而切入點則是科技方面的教育。

香港教育局在 2016 年發表報告，訂定 STEM 教育策略。STEM 乃 Science（科學）、Technology（科技）、Engineering（工程）及 Mathematics（數學）這四個英文名稱的首字母縮略詞，代表這四個學科的總稱。

STEM 學習的重點，在於採取「學習者為本」模式，着重通過切合學生需要和興趣，亦是教育界一向稱之為「問題導向為本學習」（Problem-based learning）。透過解決真實的問題，學生認識到必須以「跨學科」方式應用其知識，透過掌握「融合」的技巧，善用來自不同範疇的經驗，提升創造力。

換言之，透過推動 STEM 教育這種強調「解困」的學習模式，我們希望下一代由科技方面的「消費者」變成「創造者」。事實上，不少香港人所謂「應用」科技，主要是使用最新款智能電話、以社交網絡聯誼或消閒、搜尋飲食好去處、購票、玩手機遊戲，以至為自己提供其他娛樂。隨着解困式學習模式日漸普及，期待新一代可以如第九章所提到的例子般，透過強化電腦程式編碼（即 coding）技巧，融合想法與經驗，主動為自己和社會解決問題。

結語：解困新聞學的社會責任

讓我們回到本書的起點：面對日趨猖獗的「後真相世界」，「解困新聞學」應寄望為社會帶來哪方面的長遠影響？

第一，讓社區注意更有效的解決方法策略。「後真相年代」往往強調「甚麼也重要」，但卻可能因為每個人既自我中心又過於理想化，令所有持份者最終甚麼也得不到。本書第六章回顧 2013 年至 2015 年的政改進程（第 121 頁），因為只注重不符合《基本法》的「公民提名」方式，結果普選方案拉倒。「解困式新聞」則透過比較不同答案的效益和底線，認識到要

解困，應如何作出取捨（可參考下文〈取消強積金對沖〉的個案分析）。

第二，消除負責單位不履行職責的理由。「後真相年代」充斥着錯誤的前設，而「解困式新聞」卻可通過顯示某地方的成功例子，令其他地方的失敗再找不到藉口。例如本世紀初，治療愛滋病的藥物被認為非常昂貴，傳媒普遍報導「生活在發展中國家的愛滋病患者，如同判了死刑」。但蒂娜・羅森堡 2001 年為《紐約時報雜誌》撰寫的一篇「解困式新聞」故事，發現巴西如何大幅降低治療 HIV 病毒藥物的價格，以及如何管理複雜的治療方案，同時暴露美國政府官員和製藥公司串通。這篇文章成功讓不少國家官員和議員質疑「治療愛滋病藥物屬極高價格藥物」這個假設，並被公認是促進創建「全球抗擊愛滋病、結核病和瘧疾基金」的重要因素。

第三，令公眾知悉能夠帶來轉變的新想法。「後真相年代」喜歡強調「敵我矛盾」，即使損人不利己，也希望先推倒對手。可是有時候公眾只需要知悉一個引發創新的想法，便會不分黨派地身體力行，聚合而成為改變社會的力量。像第六章所強調，誅心論和陰謀論根本無從證實，只要能把「5W1H」的次序，轉換為「1H5W」，只需思考哪些方式只屬發洩，而甚麼才是真正答案，便會豁然開朗。

第四，促進社區之間的對話以求改變政策。「後真相年代」常透過散播恐懼鼓動人心，「解困新聞學」則透過科學數據來抗衡，讓受眾從理性認知解困的許多出路。例如在第七章提到，當有更多公屋居民了解 4G LTE 的輻射擴散度，原來較 3G 輻射為窄時，社區人士對當局的訴求，便會由要求調遷變成要求改裝流動通訊發射基站（第 132 頁）。

第五，推動社會重新設定「固有政策」。「後真相年代」強調推倒一切，把破壞視為成績（像特朗普說自己的首要任務，是推翻奧巴馬醫改方案，但卻從未想清楚替代方案）。然而，「解困式新聞」卻否定「破而不立」的批評，堅持要提出具原則的建議。如第八章有關「辱警罪和法治關係」的討論（第 170 頁），還有關於「新界發展的複雜性和官僚運作」的分析（第 175 頁），重點並不在於批評現有政策之不足，而是如何提升新的社會標準。

以下以一個強積金對沖的討論作結，可留意當中如何應用「解困新聞學」的三大原則：

個案十

取消強積金對沖的政策方向剖析

2016 年 6 月中，勞資雙方均不接受政府提出的改良版本「取消強積金對沖機制」建議，雙方尤其不願意先取消對沖遣散費和長期服務金（長服金）其中一項。結果，當時的特首梁振英在任期完結前，連同行政會議決定維持原先在當年 1 月《施政報告》所提的取消對沖建議，也就是半年來未有寸進 —— 其時輿論把死結歸咎於兩方面互不退讓而持續拉鋸，於是繼任的特首林鄭月娥認為整個取消計劃雖不至推倒重來，但也要重新聽取雙方的意見。

整個議題之所以複雜難解，是當中牽涉「強積金」與兩套相關但又不同機制的「互動」，即遣散費和長服金。只要能釐清選項，再拿出雙方底線作比較，自能解困。

從實際執行層面，「取消強積金對沖機制」基本上可分為下列四個選項：

（1）同時取消：僱主在指定日期後，不得再以強積金來對沖遣散費及長服金；

（2）先遣後長：先取消用強積金對沖遣散費，長服金如何安排再議；

（3）先長後遣：先取消用強積金對沖長服金，遣散費如何安排再議；

（4）維持現狀：拉倒建議，兩種對沖，一切如常。

政治人物經常把「期望」和「底線」混淆，甚至隱瞞。勞方總是強調（1），即必須同時取消以強積金對沖遣散費及長服金，可是即使不詳細計算和分析，也應該知道絕大多數僱主不會有足夠現金流，同時填補遣散費及長服金中原先以強積金對沖的部分。因此，勞方真正的「底線」其實必然是要避免（4），把過去四年來的努力付諸流水，而勞工在「老本」遭對沖方面，卻甚麼也沒有改善。

相反，資方最大的期望一定是（4），以不變應萬變，降低營商風險。過去幾年市道好，商家在道德層面，確實不得不就取消對沖機制跟政府和勞方討論，以展現自己也有社會責任。可是一旦經濟在未來兩年大幅調整，中小企倒閉率一旦攀升，僱主便可以「自身難保」為由，完全不再理會這個訴求。因此資方的底線，必定是以「影響現金流最少」為大前提。

換言之，真正的問題原來是比較（2）與（3）──「先遣後長 vs. 先長後遣」，究竟哪個選項對僱主的現金流有較大影響？反過來

看，若勞方必須在遣散費和長服金之間選一項先作取消對沖的安排，將是哪一項？只要如此清楚定義問題，便能發現勞資雙方原來可以有共識，分析如下。

留意一旦取消以強積金對沖長服金，僱主需要在現金流方面如何作準備。假設某員工工作 18 年而要退休，其僱主要支付的長服金便是法例規訂：18 年 × 其最近一個月工資或最後 12 個月之平均工資的三分之二，也就是要一次過付出此員工一整年的工資。可以想像，在不能以「強積金填數」的情況下，一般中小企短期內不可能儲下一筆「多出一年糧」的現金。

以上例子可以說明，為何資方一直不願妥協，謂要給予足夠時間中小企僱主儲錢，且政府也要在現金流方面作支援，並要求未來完全取消長服金安排，讓僱主不需既要供強積金又要儲長服金（註：當年設立長服金時未有強積金制度，設長服金的原因，是令無良僱主不得在員工年紀老邁時突然解僱，令長者無依。）因此，如果迫資方在「先遣後長」和「先長後遣」兩者之間選擇，答案一定是「先取消對沖遣散費」，因為牽涉的現金流較低。

另一方面，如果先取消「以強積金對沖遣散費」，僱主在裁員前便會三思，因為要付出的遣散費，將在沒有以強積金來填補下而大增，也就是對於員工而言，間接多了一重就業保障。比較之下，「先取消強積金對沖長服金」的效果，無疑令快將退休人

士多了一筆錢，但僱主在要大幅填補長服金開支的情況下，其他仍留在公司的員工，被炒的風險反而增加。

此外，留意即使有了以取消強積金對沖遣散費的安排，萬一員工被炒，除非該員工已屆退休之齡，否則他被遣散一刻所得的錢，其實跟無取消對沖遣散費一樣。唯一的分別，是該員工從強積金之僱主供款部分沒有「被沖走」，但仍要留在戶口，直至許多年後，在退休時才可提取。是故被解僱者在停工一刻所得的現金淨值（net amount），根本不受有否「對沖遣散費」影響。

因此，若以「為勞工謀求最大利益」為底線的情況下，「先取消對沖遣散費」當比起「先取消對沖長服金」較為可取。換言之，勞資雙方的選擇其實一樣。

因此在市道轉差前，盡早為對沖機制落實推進方向，以防未來幾年出現倒閉或解僱潮時，員工方有更佳的保障。於是，新政府上場後，又提出了新的建議：

2017 年 7 月，政府提出取消強積金對沖機制新方向，基本上並非甚麼推倒重來的嶄新建議，然而，因為政務司司長和勞工及福利局局長把焦點轉移，由「政府破天荒願意付出公帑支援」，變成「必須顧及僱主承擔能力」，輿論便隨之出現重大轉向。

觀乎取消 MPF 對沖新招，方向其實跟以上提出的想法相若，即「勞方應該知道絕大多數僱主不會有足夠現金流」，而這正是新方案為何重點首先針對有關僱主承擔能力的原因。

以「解困新聞學」角度剖析，政府取消對沖的「新包裝」可拆為三招：

(1) 轉變定位：僱主形象不再是「施虐者」而轉為「受害者」；
(2) 轉變底線：先包底照顧影響面廣的遣散費和草根員工，免受對沖影響；
(3) 轉變角色：政府由墊支協助僱主過渡，變成立法強迫僱主儲蓄。

先談第一招 —— 轉變定位。過去討論 MPF 對沖時，勞方慣性被視為弱者：辛勤多年的勞動階層，被僱主以原先屬於自己的退休金，「沖走」同時也屬自己的遣散費和長服金。勞方的主調總離不開「無良僱主剝削員工」。

但實情是，僱主如要支付一個工作近 20 年的老員工的退休福利，而長服金不可用 MPF 來填數，如上所述，僱主便等於即時「多出一年糧」。故取消對沖會令很多僱主大失預算，甚至令某些準備退休的中小企老闆，因為不想拖欠一眾追隨多年的老員工之長服金，要自掏腰包填數，唯有提早結業。

政府於是把以上僱主所承受的壓力，聚焦為整個 MPF 對沖課題的核心問題，並在解釋新機制時，刻意以「降低提取上限」為主打，即資方須付遣散費或長服金之總額上限，由 39 萬降至 20 萬元。此舉的目標是要令公眾關注僱主在取消對沖後，額外負擔甚大，塑造了僱主原來也是受害者的形象，令勞資雙方在公眾形象上較對等，有利重新談判。

再來第二招 —— 轉變底線。談判關鍵，在摸索對手底線。以上已說明了資方底線，即老闆們不能因取消對沖而付出龐大長服金，引發公司倒閉危機。至於對勞方來說，底線當是取消 MPF 對沖後，僱員不能反而少拿了錢。因此「以月薪三分之二計算」的比例，必定不能下調，因為此乃勞方強烈反對政府之前建議把長服金計算基礎下調至「為月薪二分之一」的主因。工資本來已很低的基層僱員所獲之長服金會因而明顯下降。

留意現時僱員工作 2 至 5 年可領取遣散費，5 年以上則領取長服金。工作 5 年以上僱員視離職情況，所領取款項稱為遣散費也可，但因計算遣散費和長服金的公式相同，實際領取金額沒有分別，所以對工作 5 年以上的員工來說，叫遣散費還是長服金根本沒有分別。

若勞資雙方願意透過降低提取上限，先通過取消對沖機制，等同先為領取遣散費的僱員「包底」，因為工作 2 至 5 年的員工所

領取的遣散費一定不過 20 萬。於是取消以 MPF 對沖後，員工的強積金不再被「沖走」，僱主要額外支付遣散費，也就是被遣散的僱員，最終必定較未改制前多收了錢。

遣散費之後，下一個問題是長服金，如把現行法例規訂的 39 萬元提取上限改為 20 萬元的話，哪些退休僱員將受影響？年資的底線為何？僱員要工作多少年才會受損？

若以月薪 $22,500 的三分之二之法定上限（即 $15,000）計算，39 萬元即僱員工作了 26 年（法定提取上限的意義，是工作 26 年以上，長服金最多也只有 39 萬元）；20 萬元則為工作了 13 至 14 年。換言之，在新機制下，服務年期 14 年以上員工所收長服金將減少，不過，因為取消了對沖機制，老闆不可再以僱主強積金供款墊支，員工本身在 MPF 戶口的錢則絲毫不損。

以上計算以月薪 $22,500 基礎，但對工資長期不到 1 萬元的低薪員工來說，則要工作 30 年以上，才會有 20 萬元長服金，加上今時已鮮有僱員會在同一公司以低薪工作 30 年以上，所以把提取上限由 39 萬元下調至 20 萬元，真正受影響的打工仔少之又少。

因此，只要政府不改動計算長服金的方程式，對絕大多數退休僱員而言，所收的長服金便可維持不變，且還多收了修例後不被「沖走」的 MPF，故勞方應可收貨。

最後第三招 —— 轉變角色。由於僱主的「受害者」形象被突顯，政府要提供支援以減輕僱主負擔亦顯得合理。於是張建宗和羅致光也異口同聲，指政府在 10 年過渡期所撥款項，可較之前提出的 79 億元更多。而換取政府拿更多公帑的代價，是「立法強迫僱主儲錢」，令資方不能再以「無預錢多出一年糧」作藉口，反對取消強積金對沖。

儘管如此，大企業的僱主仍然會説：沒有 MPF 填數，儲蓄 10 年也未必足夠支付其後才退休的員工，於是現時 45 至 55 歲的員工，有可能會成為首先被裁對象。可是實際上，僱主可透過輕微降低此年齡層員工之薪金升幅，來支持其後的長服金。

此外，只要勞資雙方在策略上願意先站在同一陣線，再迫政府拉長支援期，也可以建議把 10 年過渡期修訂為「5 年＋5 年＋5 年」三個階段，每個階段下調政府支援的效率，並因應當時經濟狀況在支援上彈性處理，而不用影響這些中層員工的收入。

唯一憂慮，是僱主不懂政府用意，誇大自己的受害者角色，提出極低的「提取上限」反建議（如下調至 10 萬以下），到時激起公憤，引發「關公災難」的話，可能會一發不可收拾。

跋

「後真相年代」最可怕之處，是人們不是不知道真相為何，而是明知真相如此，也因情緒催使而作出非理性選擇，甚至接受被誤導，認同以至鼓吹民粹。過去，傳媒相信只要讓受眾「知情」(be informed) 便已足夠，但「解困新聞學」卻認為，新形勢需要新答案，新世代傳媒需要提供「如何找出答案」(How) 的思維框架，引導受眾思考。

當然，「解困新聞學」始終是一個剛起步的想法，本書肯定仍有不足的地方，但相信此理論框架將會因更多人的參與變得全面，應用面也會愈趨廣泛。

黃　永
譚嘉昇
林禮賢
孔慧思
林子傑

譚嘉昇

畢業於珠海學院新聞系，後赴新西蘭從事新媒體，曾任科技雜誌記者，並在香港電台及商業電台製作時事節目。

林禮賢

於香港大學修讀德文，並獲香港浸會大學傳媒管理社會科學碩士，具十年編輯經驗，現任本地及國際時事評論版編輯。

孔慧思

於香港大學修讀中國歷史及中文，曾擔任立法會選舉經理、文化雜誌專欄作家，現任新媒體及書籍編輯。

林子傑

畢業於美國加州州立大學（California State University）廣播系。於商業電台主持節目多年，專注地區議題，著有研究區議會運作專著《地區創新：十八益人》。

網絡發展日益變化多端,傳統的新聞界也因為社交媒體的興起,而被迫轉變報導及經營方式。在所謂的「後真相年代」,每個人也可以成為記者,每個人也來不及確認網上消息的真確性,每個人也被情緒牽動而組成羣體。未來的新聞生態如何發展?又怎樣分辨新聞的真偽?

幾位作者多年來致力推動「解困新聞學」,以實事求是的態度,主張新聞報導除發掘議題外,亦要建議解決方法,鼓勵讀者參與,從而成為解決問題的平台,從積極角度處理問題。本書將從了解「解困新聞學」開始,到解釋其原理、過程及未來發展,旨在為新聞傳播指示一條可持續發展的路向,從正面改變社會。

陳列類別:新聞學與傳播學　HK$ 88.00

網上商店
超閱網
SuperBookcity.com

ISBN 978 962 07 6601 5
9 789620 766015

聯合出版集團

PUBLISHED AND PRINTED IN HONG KONG

商務印書館(香港)有限公司
http://www.commercialpress.com.hk